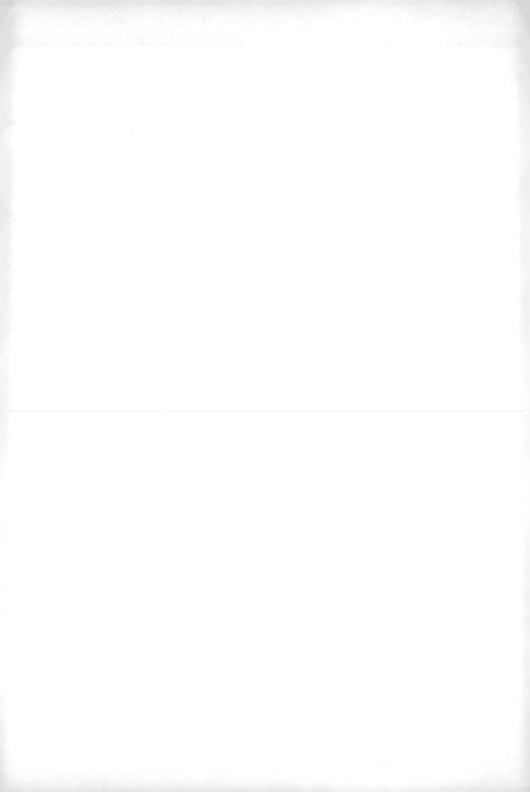

Vision

一些人物，
一些視野，
一些觀點，
與一個全新的遠景！

愛，就是饅頭夾蛋

Juby著
陳芸英撰文

【推薦序一】

一點點溫柔

王偉忠

我有個國中好友叫野貓，打小玩在一起，當年還聯手寫武俠小說、黃色小說賣給同學、騙同學錢。幾十年後再見，他成了知名紫微大師。問他看了這麼多命盤，人是不是真的有「命」？野貓說，人，是真有根絲線和「上面」懸著！對我來說，Juby的境遇十足命運捉弄人，但她即使讓線懸著，為母則強，依然奮勇搏鬥。

第一次見到Juby時，她留著一頭長髮，在她先生馬兆駿馬爺的葬禮上。馬爺與李宗盛、羅大佑都是台灣最感性的音樂才子，那時他擔任《星光大道》評審，Juby生第三個孩子時，馬爺還在錄影、心繫產房，當順產消息報進攝影棚，第一時間陶子沒單獨告訴馬爺，她走上台，在節目中宣布母女均安，這大男人當場哭了，也許因為馬爺的眼睛極小，哭起來特別感人，神情令人難忘。但孩子滿月不久，馬爺卻心肌梗塞走了。在葬禮上我對初次見面、帶著三個孩子的Juby說，「任何需要，請讓我知道。」

到了這年紀，接到白帖的機率比紅帖高，一開始多震驚、惋惜，一段時間過去，各自歸位，我們會說是時間沖淡了一切，但對當事人家屬來說，冷暖自知。若干年後，剪成短髮的Juby說，希望由我擔任經紀人，隨即簽她當藝人，協助處理工作。又若干日子後，她談戀愛了，對象是湯志偉，在媒體上掀起軒然大波。雖然志偉早已離婚，卻沒讓媒體知道，接下來，一連串的假正義批鬥，他倆成了台灣滅這滅那運動的箭靶。其實熟男熟女談戀愛，若無真心，誰會挑個帶著三個孩子的媽……（sorry，好像失言了！）

後來，我常在教會見到Juby與湯志偉，也參加了他們的婚禮。很多事情（例如婚姻）可能開端幸福、不幸收尾；沒有幾人能像他們把不幸變成天大的幸福。每次見到他們都是一大家人，湯媽媽、Juby媽媽、志偉、Juby加上四個孩子。我說，他們應穿個家族T恤，這些寫yours，那些寫mine，但婚後通通改成ours。他們兩夫妻讓不同背景的人融合成齊心同力的大家庭，光是這點就是許多政客幾輩子做不到的。

最近跟湯志偉合作舞台劇《同學會》，每次彩排，Juby都在。婚後的志偉可說是周遭所有中年人中笑容最多的男人。身為馬爺的好友，我跟Juby還是常提起馬爺好笑的事情。我更想說，在某個平行空間中，相信馬爺一定想說，「謝謝你，志偉！」

【推薦序二】

深深的祝福和關心

巫啟賢

上帝就像是一根針線，把本來生命中毫無關係的人事物一一的串連起來，卻讓你毫無預警，只能且串且珍惜。

因為當年被劉文正從新加坡帶到台灣發展，從而跟馬兆駿展開二十年亦師亦友的情誼。一九九八年，我被台灣驅逐出境，只好回新加坡長住，老馬（馬兆駿）也常來看我，甚至後來到新加坡風格唱片公司當上音樂總監，也就長住我家，從此音樂、笑聲、啤酒、烤肉和朋友們就成為家裡的主旋律。不知道什麼時候開始，Juby也常跟隨老馬到家裡來了，當時覺得她就是天生的媽媽桑，瞬間就跟家裡所有的生物打成一片，就像是自己的地盤一樣。因為她來自台中，我就說她是台中狗妹，問她怎麼跟老馬走在一起的。她說老馬到Pub裡聽她唱歌，混熟後約到家裡研究音樂，不小心研究到變成他女友！後來他們回台灣結婚了，老馬在工作上也不是很順，有時住台北，有時又聽說到台中發展，後來我被台灣解禁回到台北，看到的Juby已變成典型的孩子們的媽，當初的狗妹特色已蕩然無存，完全變身為歐巴桑！

二〇〇七年老馬突然過世，我到太平間去看她。她跟我說老馬最聽我的，要我把他叫醒，我只能抱著她，安慰她，知道從此以後老馬這王八蛋留下的這個妻子和三個孩子跟我是有得玩的了。兩年後，有一天，她跟我說失去丈夫的痛苦這件事，她還是感謝主。她知道上帝給她的苦難是丈量過的，是她能承受的，是上帝看得起她！

接下來的日子，Juby像變了個人似的，從一個歐巴桑變身為職業婦女，開始在演藝界活躍起來，又演戲又主持，當年的狗妹特色也復活了，圈裡也給了她一些機會和相助。也許是上帝對老馬在音樂界的貢獻給的一些回饋吧，但是Juby也很爭氣。二〇一〇年農曆年，我帶家人去普吉島度假，也邀請Juby帶小孩一起來，她跟我說跟湯志偉是好朋友，能不能志偉也帶兒子一起來。我問她這是什麼狀況，她說志偉早就離了婚，只是一直沒對外說，大概有難言之苦衷。我說沒關係，朋友多，一起玩更開心。

度假後幾個月，我從北京回台北度假，她約我吃飯，說有個祕密告訴我，她跟志偉談戀愛了，不想隱瞞我，我「吐」她我是有點瞎，但我老婆美君早看出來，只是當時不拆穿罷了。她說我就是她哥，這事也只能跟我說了，希望我能祝福。

後來她和志偉主持了一個好消息台的節目，他們的關係被台裡知道了，因為一個是寡婦，一個是沒有公布離婚的男人，台裡考慮這情況將來可能會被人詬病，對一個基督教電視台的形象不好，就只好請他們下課了。他們跟我說時還有深深的不平，覺得好消息台不夠愛他們。我跟他們說，要是我是台長，也會做同樣的決定，相信這決定對台裡來說也是痛苦的。當時我對他們說，我希望這段關係是能被神所祝福的，但是條件是這段關係必須要合乎神的要求，也就是名分清楚、是聖潔的。也許當時志偉有太多的苦衷，沒有當機立斷的處理，後來就如我所預料的，被媒體曝光了這段關係，也因為彼此都妾身不明，而被形容得很複雜了，但是世人對一件事的好奇和八卦都不會持久的，他們也不是城中八卦的焦點人物，很快的，這事就連舊聞都不是了。

我相信他們倆的情意和誠意，但是志偉只是個演員，一個離過婚，帶著一個兒子，面對的愛人是個帶著三個小孩的女人，的確考慮得更多，甚至更沉重。他們常常向我傾訴，要我的意見。我說如果靠你們目前的條件的確寸步難行，前路茫茫，但是如果這段關係是合乎神所要的，將來一定被神祝福，所以一定要先求神的國神的義。

終於兩人鐵了心，決定結婚了，這個決定得到所有主內弟兄姊妹的祝福。我相信這個新的家庭將來會有不同的考驗，有歡笑，也有淚水，但不管如何，都會有我深深的祝福和關心，因為老馬是我天上的弟兄，志偉和Juby是我地上的弟兄姊妹，他們的孩子是我的孩子！

【推薦序三】

幸福一直在你身邊

湯志偉

從小在這戲劇圈裡，前後四十多年的習慣，「自然」養成一種行事低調的自我保護模式。本來就不喜歡將個人隱私，帶上檯面的我，一聽到太太說，寶瓶文化找她出書，當下心中就是抗拒！一來，我過去曾有出書的經驗，知道過程曠日費時，加上Juby裡裡外外的工作量，肯定吃力。二來，放眼現今的社會，是非紛亂，人人都有自我的一套「哲理」，各樣聲音，各自解讀。擔心這本書，會不會又被誤認為是「商業八卦」的炒作，傷了原本的美意？

可是，這些疑慮，都被我太太的勇敢說服，就如同這本書想傳達的信念：「完全的愛，能將懼怕去除！」（取自《聖經》經節）。坦白說，這也是我們夫妻倆這些年來，用生命一路走來的感動。

所以，我決定支持她之外，還答應為書命名為《愛，就是饅頭夾蛋》。因為Juby很喜歡吃饅頭，常常饅頭吃著吃著，有感而發，說她的人生本來好像白饅頭一樣，平淡無奇，可是生命中常有意外的際遇（意外當歌手，意外嫁馬爺，意外成為單親，意外嫁給我……），各種意外，如同各樣食材加入白饅頭一樣（雜糧、起司、芋頭、紅豆……），融合以後，產生新口味，就像她願意「接受」並「享受」不同遭遇，反而帶來包容後的祝福。至於為什麼「夾蛋」，「蛋」代表新的生命，愛過以後，才會有重新的生命。鼓勵大家，今天就去嘗試一下饅頭夾蛋的滋味，你就會知道幸福一直在你身邊。

目錄

第三篇：遇見湯志偉

第四篇：戀情曝光

第五篇：兩個家庭的磨合

第六篇：當我們住在一起

第一篇 楔子

飽妹開口叫「爸爸」

志偉夾了一塊肉給飽妹。那肉剛放進她碗裡，志偉的筷子正離開之際，飽妹輕輕的說了一聲：「謝謝爸爸。」

志偉被這突然叫住「爸爸」的一瞬間，筷子掛在空中，停格。

卸下婚紗，我跟著先生、孩子和一群親近的朋友到餐廳共進晚餐。由於婚禮採溫馨的下午茶，一整天我們都忙著招呼客人，朋友也說沒吃。等完成結婚儀式，大夥頓時鬆一口氣，自家人決定去餐廳慶祝一番。

沒人注意到的一幕

晚餐氣氛熱鬧融洽。朋友說了一些婚禮中我們不知道的花絮。其一是，志偉的乾媽唐琪製作了一個好幾層的大蛋糕，要送到位於一〇一第五十二層樓的教會（有人戲稱這是離上帝最近的教會）。

由於當天風大，運送的車子又不能開進來，好幾個人強悍地護著蛋糕進場。無奈到場前蛋糕垮了，這下可慘。好在經驗豐富的唐琪，及時用奶油重新組合、雕塑、補強，所幸婚禮切蛋糕時，呈現在大家面前的是一個完美的形象……「哇！」我跟志偉感到非常訝異。

其二是，窗外出現一道美麗的彩虹。「沒錯，我也看到了，高掛天邊，好美。」友人說，「那是祝福。」

幾盤菜陸續上桌。朋友顧著說婚禮，倒忘了夾菜。「吃，吃，不是

飽妹畫媽媽Juby。

說餓壞了嗎？」

在這有點喧擾的環境，志偉也夾了一塊肉給飽妹。那肉剛放進她碗裡，志偉的筷子正離開之際，飽妹輕輕的說了一聲，「謝謝爸爸。」志偉被這突然叫住「爸爸」的一瞬間，筷子掛在空中，停格。

飽妹的那聲「爸爸」叫得非常自然，沒有任何彆扭。那嬌柔細語，讓在旁的我聽了好感動。我定睛看了志偉一眼，他有點尷尬，卻又禁不住心裡的喜悅，只好頻頻點頭。他點頭的頻率跟心裡愉悅的節奏一致，反應在臉上的表情彷彿說：「飽妹，我好高興你這樣叫我！」

周圍仍是一片歡愉，我們三人的心情好像獨立於這吵雜的世界之外。

沒人注意到這一幕。我覺得在飽妹小小的心靈預備叫「爸爸」已經很久了，也許打從我們開始談戀愛就蠢蠢欲動。

婚前，她曾天真的問：「你們結婚以後，我是不是就可以叫他『爸爸』？」我說可以啊，現在也可以。她扭扭捏捏的，沒叫，躲到我身後。對一個從小沒有爸爸的孩子，她對什麼時候該叫，並沒有把握。

飽妹主動牽志偉的手

我們談戀愛一直都是「攜家帶眷」。總有一群「小跟班」作陪，鮮少有單獨的約會。當志偉對我有一些溫柔、浪漫之前，都會先注意孩子的反應。例如趁他們走在前面，才趕快把我的手牽起或親一下。男生看待愛情的表現真的比較笨，老二小阿弟會問，「Elton叔叔為什麼要牽你的手？他怕你跌倒嗎？」他當時還小，我得回到家再跟他解釋，「牽手是愛情的表現。就像媽咪會抱你們一樣，因為每個人都需要這樣的擁抱啊！」

老大毛妹這方面就成熟多了。有一次，出遊不小心被她逮著。她還會吃我們老豆腐呢！「唉喲，受不了。」一副不屑的表情。或者說：「喔，看不下去了啦！」說完，立刻把臉甩開。我們這把年紀得這樣偷偷摸摸的談戀愛，的確有另一番樂趣。

往前回溯到飽妹更小的時候。有一次約會，她睡著了，志偉接手抱她。認識志偉之前，我的朋友（達民和何戎）知道她也許需要父愛，曾經試著抱她，但飽妹不知所措。她雖然沒有抗拒，但雙手卻不會回摟他們的脖子，感覺是陌生的，因為對於大男人的擁抱，她缺乏經驗。

志偉小心翼翼的將睡夢中飽妹的手搭在他肩上，拉直衣服，為她整裝，撥開長髮，免得壓痛她……當我看著飽妹安穩的躺在志偉的臂膀，我好安慰。那模樣就像她正在享受父愛。

還有一次過馬路，飽妹一定找人手牽手，通常是我，不然就是姊姊或哥哥。那時我正整理手上的東西，叫他們先過去，志偉很自然的伸出手說：「飽妹，來！」從此我們一起走路，她就主動靠近志偉，把他的手牽起來。

我猜飽妹心裡很早就希望有一個爸爸。她對任何小孩與父親的互動都特別好奇，例如看到他們玩得很開心，她會跟著笑，眼神流露著渴望。

飽妹「找阿拔」

飽妹曾經問我關於阿拔的事情。我告訴她：「阿拔在天上，他被主耶穌接走了……」再大一點，她進一步問：「阿拔為什麼會被主耶穌接走？」我說：「阿拔是心肌梗塞。」她問那是什麼，並自行解釋，「就像水管堵住，不通了，是嗎？」

記得小時候我帶她去水上遊樂園玩，她看到旁邊的小朋友都由爸爸抱著入水，突然追著我問：「媽咪，阿拔呢？」我說：「飽妹，你忘了嗎？阿拔在主耶穌那裡。」小飽妹像要賴似的繼續問：「阿拔呢？阿拔呢？」她要我說：「阿拔在天上，正看著飽妹玩呢！」我只好順著她的意說，她聽了很高興，確定她也有爸爸陪著她。

其實，飽妹的記憶裡沒有爸爸，她只能從照片、電視、影像認識他。某年的清明節，我拉著飽妹說，「走，媽咪帶你去看阿拔。」三歲的她好興奮，咚咚咚地跑進房間，打開衣櫃，拿出她最喜歡的裙子穿上，大聲喊：「我要去找我阿拔了。」

那是金山一處漂亮的墓園，依山傍水，有花草，有樹木，風景優美。由於很多家屬前來掃墓，人潮洶湧。飽妹一下車，跳呀跳的喊著，「找阿拔」。我剛停完車，還要拿準備的花和各樣小風車。沒想到，她一溜煙地朝人多的地方跑去，在人海中找到一個身形高壯胖碩的男子，對著人家喊：「阿拔、阿拔。」我趕快叫兩個大孩子把她抓住，「那個人不是阿拔啦！」

我牽著她的手來到墓碑前，指著上面貼著的照片說：「阿拔在這裡啊！」飽妹立刻趴過去親吻他，用童稚的聲音撒嬌般的輕喚「阿拔」。

她天真無邪的動作，看得我心都碎了。

這麼小的娃兒就知道愛爸爸，也知道爸爸愛她，我的眼淚撲簌簌的流下來。

這段感情走著走著。我忍不住在心裡對飽妹說：「媽咪愛你，但是我無法彌補那一塊父愛。我希望有一天，你也知道『被爸爸疼愛的感覺是什麼』。」

然而，我這樣做到底算不算私心？因為我也需要一份愛，彌補內心的空缺啊！

這是我的第二春。

飽妹的親生爸爸是馬兆駿，朋友叫他「馬爺」，孩子喚他「阿拔」。

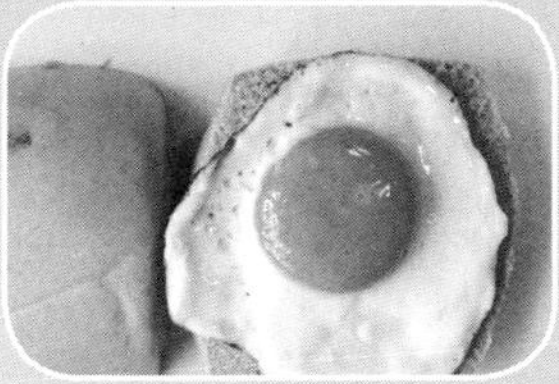

第二篇

馬爺驟逝

因信仰，與馬爺重修舊好

我們從冷戰、劇烈爭吵、劍拔弩張，甚至刀光劍影……我們三天一小吵，五天一大吵。才結婚不到三年，竟然吵著要離婚。

在國中跨入高中的那個暑假，我父親經商失敗，為了躲避票據法，全家開始過著躲藏、遷移的日子，居無定所。原以為自己一輩子衣食無缺，但繁華如雲煙，破產的海嘯敲醒我的美夢。我在惶恐與不安中，黯然度過了青春期。

我從小喜歡唱歌，參加過合唱團。畢業後在旅行社工作，當過領隊和導遊，大家都說我口才不錯。偶爾在餐廳駐唱時，邂逅了穩如泰山的民歌手兼作詞作曲家「馬兆駿」。

對！就是這個人了！

馬爺十八歲開始作曲，一年可以幫唱片公司賺兩千萬。二十三歲製作過鄧麗君、黃鶯鶯、劉文正、鳳飛飛的專輯，還捧紅了一位新人「李恕權」。二十九歲，他自己出了第一張唱片，竟然也紅了。三十二歲之前，他沒有遇過什麼挫折，向來是老闆心目中最會賺錢的製作人、作曲家。

可是三十二歲那年，父親過世。他的人生也失去了目標，甚至把所有賺的錢花掉，以酗酒、毒品麻痺自己，差點毀掉自己的人生。

直到三十六歲，我們相遇，經歷人生的風浪，孕育他東山再起的希望，

馬爺與Juby。

過去的故事改變他生命的寬度。我看到浪子回頭的可貴，宛如在礦區撿到一顆尚未開發的鑽石，我的人生從此跟著翻轉。

馬爺敦厚善良、胸襟寬大、豁達樂觀，懂得替人著想，尤其給我前所未有的自由和安定感。「對！就是這個人了！」結婚的意念油然而生，我決定與他攜手偕老。

然而安定的夢持續沒有多久，因盜版猖獗，正版唱片一瀉千里，景氣萎靡，消退的情勢有如雲霄飛車般往下滑落。

於是我們決定從台北搬到台中，馬爺創辦了一間音樂製作公司和兒童音樂教室，重整旗鼓。

千萬債務纏身

眼看事業就要起飛了，無奈老天爺不給機會。

九月二十日晚上，我有一個PUB兼差的工作，回到家，已是隔天凌晨。我們家在七樓，剛出電梯，當我從皮包拿出鑰匙開門時，突然停電了，我整個人被震得站不穩，地震呈前後左右搖晃，非常恐怖。我嚇得連叫都叫不出來，好不容易打開門，這時呈三百六十度繞圓圈般的晃動，接著上下震動，我被地震震得跌坐在陽台上。

我眼角餘光看到馬爺這等體態頓位，頓時被震得從沙發上彈起來，無法定焦，「地震，地震，不要動。」匡啷匡啷，電視、櫃子紛紛倒下。感覺這場地震永遠停不下來，非得把這棟樓震垮不可，同時周圍傳來叫聲哭聲。馬爺找到打火機，帶著我們全家衝下樓。

大夥驚魂未定，這時八個月大的毛妹哭了，她想喝奶。慘了，我們什麼都沒帶。但孩子不能讓她餓肚子，我和馬爺冒著餘震的危險再爬到七樓，拿出錢包、車鑰匙、奶粉等，到住家附近小巨蛋的預定地，聚集將近三千人。

我們度過難過、艱困的一夜。早上十點多，我們回到離家開車僅十分鐘距離的工作室。當我們打開門的那一剎那，我跟馬爺都說不出話來。

這一場天崩地裂的大地震讓天花板的燈都掉了下來，放ＣＤ的櫃子摔得一地，沒有一張ＣＤ保持完好。最慘的是放著專業精密高檔器材的錄音室全都砸毀，損失近八百萬……馬爺所有的心血付之一炬，空氣瀰漫著死城才有的味道。

成立兩年多的工作室被震垮之後，我們沒有資金再運作，音樂教室也收起來了。近千萬的債務不僅讓我們家的經濟出現破口，夫妻間的感情也出現很大的裂痕。

馬爺是家裡重要的經濟支柱，柱子垮了，整個家幾乎散了。生活壓力迎面而來，這時我們已經有了老大毛妹，經濟問題間接影響夫妻感情，兩人為了柴米油鹽醬醋茶，每天吵得不可開交。

馬爺為了逃避壓力，日日借酒澆愁。我們從冷戰、劇烈爭吵、劍拔弩張，甚至刀光劍影……我們三天一小吵，五天一大吵。才結婚不到三年，竟然吵著要離婚。

有一天，家裡來了長輩，我們不方便在家吵，只好開車到外面繼續吵；兩人言詞交鋒，互不相讓。我一度想打開車門，跳出去輕生。

馬爺為了安撫我的情緒，只好把車停靠路邊，讓雙方冷靜。他感嘆道：「天地之大，為什麼沒有我容身之處？」

窗外一片漆黑，人煙稀少，但旁邊矗立一棟建築物，上面掛著紅色的十字架，亮著微弱的燈光。我打從心底發出「求救訊號」，吶喊著，「親愛的主耶穌啊，祢一定看到我現在的處境，倘若祢是真的，趕快救我；如果祢真救得了我，我就信祢。」

馬爺聽完後，默不出聲，也許我的禱告安定他的心，他兩眼泛著淚光。我們難得平靜的結束這個夜晚。

隔天，馬上就有一個學生家長打電話來。他們有一個福音晚會，但在音響方面不太懂，希望我們過去指導一下。在我聽來就是一份工作，馬爺接觸這麼多音樂，獨缺「詩歌」這一塊，覺得是一份挑戰，便一口答應。

我們到了現場才發現，其實他是邀請我們參加耶誕晚會的。我們一到會場就被弟兄姊妹熱情的接待，包括吃一頓他們準備的點心，當然精彩的詩歌表演是重頭戲。馬爺靜靜的聽，深受感動，詩歌才唱幾句，他的眼淚就掉下來。

坐在一旁的我，愣住了。馬爺是有名的作詞作曲家，音樂產量在國內名列前茅，什麼類型的歌曲沒聽過，他都不曾這麼激動，但那首詩歌全是簡單的詞，沒什麼了不起的旋律，怎麼就讓他哭了呢？

我看到他哭，也跟著哭了，兩人靜靜的享受這場音樂盛宴。

挽回崩潰的婚姻

馬爺旁邊坐著一位眷村伯伯，不知道他是「馬兆駿」。伯伯說：「年輕人，這世間有一份愛，不需要你去爭取就能擁有，你不必功成名就。哪怕你一無所有，我們的『天父』仍然愛你……」馬爺謙卑的領受長輩的教誨，頻頻點頭。

他跟父親的感情很好，父親因心肌梗塞驟逝是馬爺心裡永遠的痛。過去好幾次他喝醉酒，開車亂逛，醒來時居然躺在父親的墳墓旁；所以當他聽到「天父」時，馬上聯想到自己去世的父親；因為父親給孩子的愛，也不需要去爭取，便可以白白領受。這幾句話，頓時醫治了馬爺長久以來失去父愛的傷口。

當晚，馬爺對我的態度有了一百八十度的改變。他用溫柔的語調說：「這些日子以來，我們為了挽救婚姻跑了這麼多廟、求了這麼多神，好像只有這一間沒拜過喔？要不要試試看？死馬當活馬醫？」

幾週後，我們倆同時受浸成為基督徒。從此，馬爺整個人打從骨子裡改變，夫妻相敬如賓，絕不口出惡言。這份信仰帶給我們龐大的力量，不僅挽回了瀕臨崩潰的婚姻，馬爺的工作也回到台北，重整旗鼓，重振自己的事業。

適逢大陸唱片市場開放台灣人才，馬爺頻繁往來於海峽兩岸之間，當起了空中飛人。大陸對台灣的音樂人相當禮遇，我們開始慢慢償還債務。

天啊，怎・麼・這・麼・醜！

二〇〇六年春末初夏之際，相隔六年之後，我懷了老三。

由於懷孕時，我已是三十八歲的高齡產婦，馬爺深怕他外出時，我有任何閃失，所以去哪都帶著我，別人看了，都誇他是百分之百的好老公，的確，而且也是個百分之百的好爸爸。

我生前兩胎時，馬爺都在產房陪我，全程參與。但生老三那一天，馬爺正好要去《星光大道》當評審，不巧，就在他去錄影之前，我的羊水就破了。他非常緊張，先把我送到台安醫院，再叫小姑馬毓芬來陪著，離開時，心情忐忑不安。

我順利生下女娃，但當護士把她清洗乾淨送到我胸前，我第一眼看到她時，猶如晴天霹靂，「天啊，怎．麼．這．麼．醜！唉！」我那口氣嘆得好長好長，陪產的小姑見她的模樣，開心的說：「哇，好像三哥，簡直是三哥的縮小版。」沒錯，她就是女版的馬兆駿，由於整個臉肥嘟嘟的，很飽滿，隨時看都像吃飽喝足似的，我們就叫她「飽妹」。

飽妹平安出生後，經紀人在錄影現場寫了一張「母女均安」的字條給馬爺。沒想到製作人沒把紙條拿給他，而是直接交給主持人陶子。陶子一看是喜訊，就當場唸出來，「馬太太生了，恭喜馬兆駿……」全場響起熱烈的掌聲，馬爺當場喜極而泣。

至少要存七棟房子的錢

錄完影，他立刻衝回到醫院。一看到女兒，非常開心，哈哈哈大笑，「是是是，這個將來走到哪兒都不怕丟，人家會自動送回來，真的太像我了！」接著他對襁褓中的飽妹說，「這下爸爸要更努力賺錢了，至少要存七棟房子的錢，才能把你嫁出去。」我聽了忍不住笑了，因為我也是這麼想。

出院後，我的月子餐由媽媽和馬爺輪流負責。馬爺廚藝好，他會煮我愛吃的麻油腰子、燉豬腳……他的燉豬腳是一絕，紅燒、清燉都在行，尤其在中藥食材上特別下功夫，加上過年期間，到處都是喜氣洋洋的氛圍，我感覺自己和飽妹是世界上最幸福的一對母女。

坐完月子，我終於出關了，迫不及待出去呼吸戶外空氣。晚餐後，我們帶兩個大孩子到公園放鞭炮。鞭炮響起，他們趕緊捂上耳朵，或躲到我背後。馬爺還買了仙女棒，為他們一一點火，姊弟倆好開心，拿著它，在夜空中任意揮舞，劃出一個又一個的圓圈，仙女棒不斷閃著火花，兩個孩子高興得尖叫。馬爺也起了童心，跟著嬉鬧。

我依偎在馬爺身邊，融化在孩子的笑容裡。在那公園的小角落，不時可以聽到我們一家四口發出高調的笑聲……馬爺在煙花與火焰光芒照耀下，襯托出父親的溫柔。

來不及說再見

送上救護車時，我發現馬爺咬著舌頭。
我用力拔開他的嘴巴，本能的，把自己的手伸進去。我當時已經沒有痛覺了。

二〇〇七年二月二十二日，我坐完月子的第二天，晚餐後，想添些年貨，跟馬爺說：「等一下我們去超市買一些民生用品吧！」他說：「好啊！好啊！」

大年初六，街頭到處張燈結綵，鑼鼓喧天，好不熱鬧。馬爺戴妥安全帽，載著我騎往附近的頂好超市。馬爺停妥摩托車後，我們一路踩著輕快的步伐聊天說笑，一起走到位於地下室的頂好超市。

他說：「我再賺幾年，將來搬回台中去，台中住起來比較舒服。」我非常贊同，台中是我的故鄉，空氣好，天氣好，加上孩子都是過敏兒，住台中對他們的確有幫助。

他還喜孜孜的說：「明年的這個時候，飽妹已經一歲了，我們全家去旅行。我背她，她再背個小背包，一定很可愛。」

我們有當背包客自助旅行的習慣。馬爺想起家裡有個大人背小孩的鋁製座椅，輕便靈巧，他說回家後，要把它找出來。

馬爺取了手推車，我們正要往入口處的一剎那，他突然說：「我好暈……」暈這個字的尾音還停在ㄩ，ㄣ的音沒發聲，突然「砰」的一聲，馬爺應聲倒地。

我當下的反射動作就是扶他，但那一瞬間太快，我只能扯到衣角，加上他身形高大壯碩，我也被拖著趴倒在他身上，兩人幾乎黏在一起。

我驚慌失措，「阿拔，你怎麼了？你怎麼了……」我呼天搶地，不斷拍叫，「阿拔，阿拔……」

這時，他很用力的想吸一口氣，想把那口氣吸起來，全身掙扎，嘴裡不斷發出ㄜㄜㄜ……的聲響。我大喊：「主啊！求祢救救他，拜託！給我一個奇蹟……」

我非常驚恐，瘋狂的吶喊，工作人員立刻幫忙叫救護車，「對，先做ＣＰＲ！」在一片混亂中，我突生理智，手掌壓住他的胸，往深層裡壓……

手抖到無法打電話

這時四周圍繞了一群人，七嘴八舌，「把他的釦子解開。」「頭抬高。」這時我定神地看著他——那雙非常認真的眼神，我這一輩子從沒見過。

我心生不妙，一般人若暈眩倒下，眼睛應該是閉著的，他卻張開，那眼神想告訴我什麼。

很快的，我聽到「喔咿喔咿……」嗚笛聲，救護車來了。送上救護車時，我發現他咬著舌頭。我用力拔開他的嘴巴，本能的，把自己的手伸進去。我當時已經沒有痛覺了。在送往永和耕莘醫院的路上，醫護人員為他做基本的醫療處置，好像包括電擊。

我的呼喊沒有停，另一隻手開始撥電話求助，然而卻不知道該打給誰。朋友們都在過年，馬爺的兄弟姊妹幾乎都出國了，我不敢打擾家族長輩。我想到婆婆，她一個人在家，但目前狀況未明，怕老人家受到驚嚇……最後，我想到教會一位對我很好的乾媽。

我的手一直顫抖，以至於頻頻打錯電話，直到第四次才打通。

電話那頭，她口氣輕快的問：「傻丫頭，這麼晚打給我，想吃我煮的什麼東西嗎？」我語氣沉重的說：「馬爺昏倒了，情況很嚴重。我正在去醫院的路上……」

「怎麼回事？」

「我不知道，請幫我禱告！」

「不要慌，我們馬上過去。」

到了耕莘醫院，醫護人員用最快的速度把他推進急診室。

我在急診室外來回踱步，不知所措，緊張到快喘不過氣來。

搶救很長一段時間後，醫生出來了。「馬太太，你現在可以進去看他。」

我叫著：「起來、起來、起來……」

我以為馬爺醒了，但沒有。

醫生說：「我們已經盡力，他一點生命跡象都沒有，你要有心理準備。他的死因是『心肌梗塞』……」

我聽到這兒激動不已，雙手抓住醫生的白袍，用指責的口氣向他怒吼，「你錯了，你不懂，我的神會過來救他。你絕對不能放棄，請你繼續……」

這位醫生突然鎮定的望著我，用冷靜的語氣說：「這位姊妹，我現在不以醫生的立場，以『弟兄』的身分對你說，我的父親幾年前也是這樣走的，我這個做醫生的兒子一樣救不了他。我希望你接受這個事實……」我聽了好絕望。

他及時安慰我：「人的能力是有限的，但不要因為你先生的離開，你就感覺被拋棄，不會的，我們相信的是不離不棄的神，你以後會慢慢體會。我也是靠著信仰，逐漸走出喪父之痛……」

我整個身體癱軟下來，幾乎站不穩。在簾子隔起來的小小診間，我們像被孤立似的。我握住馬爺的手，無奈的問：「怎麼會這樣？」我一直哭，無意識地叫著：「起來、起來、起來……」聲音越來越弱。

醫生沒有離開，他掀開馬爺的身體，「你看，他的屍斑都出來了，由於電擊的關係，皮膚已經焦黑，再救下去，他只會更痛苦……好不好？就這樣了。」

醫生請我先到外面歇著，因為要開始處理馬爺的遺體了。

我木然地坐著。這一切來得那麼急，那麼快。這豈是「晴天霹靂」可以形容？

突然的，我的視線被一陣禱告聲吸引過去。我手扶著牆，循著聲音走到急診室外，我看到走廊有一群弟兄姊妹們跪在地上，人數約三、四十人。他們齊心為馬爺禱告的這一幕，深深地震撼著我。

現在是過年期間，除了親人，還有誰能夠如此為對方付出關心？我感動得淚流滿面。

他們看到我一擁而上，「情況怎樣了？」

我搖搖頭，「馬爺沒醒來……」他們把我抱得更緊，久久不放。

我腦袋一片空白，經歷一陣昏眩，任人擺布，再有記憶時，人已經到了停屍間。

我坐在馬爺旁邊，握著他的手，摸摸他的臉，一直重複這些動作。

喚醒我的是乾媽，「Juby、Juby、Juby……你看看我，好不好？」

她說我的樣子把她嚇壞了。沒有魂、失了神、兩眼空洞。我無法說話，眼淚一直流。

她怕我倒下，一直陪在身邊，為我加油打氣。

恍神中，我婆婆來了。她既難過又氣憤，好像在罵我，也好像在罵馬爺：「不孝子，你讓白髮人送黑髮人……」然後大聲哭泣。

接著，我看到一張張認識的臉和落寞的神情。為什麼這些人在這裡？為什麼這樣？為什麼那樣？對我來說，那是一格一格連不起來的畫面。

我要看到他的臉

最後我得知的訊息是，這裡沒有冰庫，要把遺體送到殯儀館才行。隨後我上了救護車。這時我腦袋清醒了，幾個小時前，我也坐在救護車上，他躺在擔架上，我看得到他的臉。現在，我也在救護車上，可是他卻被屍袋裝著，我看不到他的臉，於是我把拉鍊拉下來。到了殯儀館，救護人員把拉鍊拉起來，我眼前的那張臉又不見了。

回到家，我發現家裡有一堆人，夜已深。我說：「謝謝，很晚了，你們可以回去了。」有些人離開，有些人留下來，安慰我、安慰我爸媽。他們要我去睡覺，「你累壞了，明天再說。」我被一群人推進臥房。

我們因為晚歸，媽叫孩子們睡我們的床。我躺在床上，孩子們聽到聲音，就醒了。

「媽咪，你回來了，阿拔勒？聽說阿拔住院了。」

我眼淚瞬間潰堤，說不出話來。我要騙他們？安慰他們？還是說出實情？

「媽咪，你不要哭，阿拔怎麼了？」他們聯手把我抱住。

這時我為人母的本能出來了，「阿拔沒有好，他被主耶穌接走了。」

他們一聽也哭了，我左右各抱住他們。我無能為力，卻也停不下淚水。

「阿拔死了嗎？不要不要……」當時老大毛妹念小一，小阿弟念幼稚園，他看到姊姊哭，也跟著哭。「不哭不哭，別怕，你們乖。從今以後你們有多勇敢，媽咪就有多勇敢。」

我不知道自己怎麼入睡的，醒來後，我呆坐在客廳，眼睛盯著門把，渴望看它抖一抖，馬爺就說：「我回來了。」昨夜只是一場夢，一個玩笑罷了。

馬爺的人生停在二〇〇七年二月二十三日，享年四十八歲。

我不想假裝堅強

我崩潰的放聲吶喊，為什麼是我？
大家都告訴我，要加油、要堅強，為了孩子要繼續幸福快樂，因為日子還要過下去……可是已經沒有了油，要怎麼加？失去笑聲，要怎麼快樂？

一夕之間，我們成了單親家庭。

那段日子是我人生中的「黑洞」，我不知道何時要喝水，什麼時候該吃飯，不知道如何處理傷痛。我白天像行屍走肉，夜晚躲在被窩裡哭泣，哭到枕頭濕透。半夢半醒之間，我夢見馬爺存在著，醒來馬爺不在。我渾渾噩噩的，徬徨無助，遊走在事實與夢境邊緣，整個人支離破碎……

為什麼要丟下我?!

三個孩子還很小，老大毛妹七歲，剛上小學一年級。老二小阿弟六歲，幼稚園大班。老三飽妹，僅一個月大。也許「為母則強」，我常常自我喊話：「我要振作、我要堅強。」至少在孩子面前把自己武裝起來，不能傷心掉淚。

馬爺離開兩個多月後，有一天，我剛開完「馬爺紀念音樂會」的會議，其實那天五月六日，是馬爺的生日。我回到車內，輕輕的說了一聲：「胖天使，生日快樂……」沒想到多日累積的壓力瞬間潰堤。我抓著方向盤自言自語：「我好想你、好愛你、好氣你。為什麼要丟下我……」只有在車內這個安全的私密空間，我才能盡情放聲大哭。

哭完，心神耗盡，我提起精神，開車回家，進屋子之前，必須在住家附近的公園緩步走幾圈，讓心情沉澱。我又再次向自己喊話：「我該挺住。」

但我不知道挺得住？挺不住？才隔幾天，我拿鑰匙開門時，不知怎的，無法一次順利打開。毛妹突然說：「如果阿拔還在，就可以幫我們開門，多好！」大家安靜了。

進了大門，我們三人默默爬樓梯，先是小阿弟哽咽了，稚嫩的聲音說：「我好想阿拔！」

我停下腳步，沒有力氣往上爬。毛妹轉頭看我，就在我眼淚快撐不住時，小阿弟突然說：「我想到了，阿拔以前說過，他小時候，爺爺離開了，當他想爺爺時，就抬頭看天上的星星。天上的星星很多，像家人，不會孤單，眼淚也不會掉下來。我們也可以這樣。」

我立刻帶著孩子們衝下一樓，到附近公園，仰頭望天……

然而，這種停止悲傷的心情，需要不斷的練習。

不可以在朋友面前哭出來

圈內好友非常關心我，教會團契的家庭經常邀請我帶著孩子出門走一走、吃吃飯，但我很容易觸景傷情，當我看到他們的家庭如此完整，爸媽帶著孩子，我就會一直問，為什麼我沒有。

很多時候，我得隱忍著喪夫之慟的低落，在淚水數度差一點奪眶而出之前，趕緊去廁所冷靜下來。要求自己，千萬不可以在朋友面前哭出來，否則下一次沒有人敢再邀請我們這一家人了。

但這種壓抑心情的訓練好難。

就在我去接孩子們放學的平常日，小阿弟坐在副駕駛座，飽妹、毛妹在後座，等紅綠燈時，我們望著眼前人來人往的行人。其中一個家庭的爸爸抱著小男孩、媽媽推著嬰兒車，從我們車前經過，瞬間吸引住我們三人的目光，車內頓時安靜下來，那爸爸邊走邊逗弄小男生，張大嘴巴，故意要吃掉小孩的畫面，好美好美。

我覺得他們好幸福，又覺得自己好悲傷。我忍不住滴下一滴淚，身邊的毛妹看到我哭，冷靜地說：「媽咪，我覺得你們大人比我們小孩還不勇敢。你從醫院回來那天不是說，我和弟弟有多勇敢，你就會有多勇敢嗎？我和弟弟為了你，我們到現在一直都很勇敢……」

「對不起，對不起，媽咪先哭了。」是啊！我承認，媽咪比你們還不勇敢。

我企圖要讓自己變得很堅強，我也以為表現堅強是理所當然的；因為我是這個家的領航員，如果我連自己都處理不好，又如何照顧孩子們呢？更何況我還有年邁的母親！所以我嘗試做很多改變讓自己變得勇敢；但我發現其實這是可悲的自我催眠，即使我這一次做到了，第二次、三次……仍然軟弱下來。

向孩子坦承自己的軟弱

我開始懷疑，這世界上會有一種「通則」，適合全天下的單親家庭嗎？每一個家庭的狀況都不同，適合別人的，未必適合我啊！

「那麼，我是不是一定要勇敢？」我分明做不到呀！

我崩潰的放聲吶喊，為什麼是我？大家都告訴我，要加油、要堅強，為了孩子要繼續幸福快樂，因為日子還要過下去……可是已經沒有了油，要怎麼加？失去笑聲，要怎麼快樂？誰能告訴我？怎樣叫勇敢？怎樣叫堅強？

我的世界從此天崩地裂，為什麼我會走上絕路？我的心好痛，痛到幾乎碎裂。有誰可以告訴我，單親家庭該怎麼做？我沒有經驗啊！

我只能承認一件事，所謂的「故作堅強」沒辦法帶給我任何幫助，我也不想去配合人們口中母親該有的堅強。既然「軟弱」必然存在，我何必千方百計排斥？何不嘗試與軟弱和平相處？

我決定向孩子們坦承自己的軟弱。「我不要堅強，我也不要勇敢！」

我告訴他們，媽咪從不知道失去丈夫的日子該如何做，也沒有人告訴我，單親媽咪該怎麼當，我也沒辦法教導你們，該如何面對失去爸爸。媽咪本來以為自己可以成為你們的後盾，可是我發現自己做不到。「你們幫助我，好不好？」

毛妹馬上安慰我：「媽咪，你是大人，你也是人，也會有沒辦法承受的事情，你不用堅強沒關係。我們可以保護你，我們也可以照顧妹妹。我們一起面對。」

她喜歡這樣姿態變低的媽咪。她念幼稚園時，就特別喜歡跟同學炫耀自己的媽咪。「因為我們什麼事都會講，像姊妹。」臉上浮現引以為傲的神情。這時我的確感覺她不是我女兒，而是貼心的好姊姊。

我有三個很棒的同伴

我恍然大悟。我本以為自己是支撐這個家的力量，不，他們才是。他們小小年紀，已經懂得我們是彼此的生命夥伴，這樣的夥伴關係是平行的，沒有階級的，沒有母親對小孩的權威。當我拉低自己的身分跟他們平起平坐時，反而拉近彼此的距離，增進了親密感。原來，「愛是雙向道」。

頓時，我心情就放鬆了，我發現自己並不是孤軍奮鬥，我有三個很棒的同伴，於是我開始不一樣了。

除了「接受」自己處境之外，更懂得「享受」現況，我變得更積極、更熱情的擁抱我和孩子的快樂時光。因為幸福的滋味，不應該受限於人數的減少而改變。不管多少人，不管在哪兒，只要有愛，那裡就是家。

甚至我看見幸福美滿的家庭，我就獻上祝福。雖然我已經沒有了，但我很開心他們仍有。一旦我懂得祝福，我的痛又減少了一點。我看見自己內心深層的傷痛得到了醫治。

軟弱也有力量

原來，軟弱也有力量，它幫助我看到自己的不足，幫助我看待事情的眼光更加柔軟與謙卑。當一個人夠謙卑、夠柔軟，就更容易得到滿足感了。

當我勇於在家人面前坦白軟弱，我發現得到的幫助更多，內心更加堅強，甚至於孩子們也堅強了起來。他們更加瞭解媽咪，更疼惜媽咪，自主性地產生責任心，大家一起想辦法讓這個家更完整。

逐漸的，我找到了一點自信，人前人後可以大方談馬爺了。

我覺得要先承認自己是有傷痛的，認清自己的傷口在哪裡，才知道如何醫治自己。它可能無法一次解決所有難處，但至少下一次再去摸、再去碰觸傷口，就不會再那麼痛了。

懷念阿拔的牛肉麵

我們藉由「牛肉麵」，回憶阿拔帶給我們的一切，一起拼拼湊湊出這份愛在家的記憶。

往後的日子，我們仍然將「阿拔」掛在嘴邊，不讓「阿拔」成為禁忌話題。有些家庭怕悲傷、怕難過就不再講了，但我們正常談論他。孩子們在學校也阿拔長阿拔短的，那口氣好像阿拔出差似的。他以前常去大陸出差，有時長達兩個多月，就像那種感覺，似乎他不曾離開。

我們會一起去吃阿拔特別愛吃的排骨麵，一起回想以前，他曾加辣椒不小心把蓋子掉

日本之旅。馬爺、Juby、毛妹與小阿弟。

入碗公內的糗事。我們天南地北、自在地聊，這對我們母子三人似乎是很好的情緒宣洩。

「我好想吃阿拔炒的香菇肉燥耶！」「我比較想吃阿拔做的牛肉湯麵喔！」馬家老爺信奉回教，平日肉類只吃牛肉，因此特別講究牛肉料理。他的特色是用牛肉燉煮，最後再用大量的蔬菜、水果熬湯底。

馬爺烹飪牛肉麵，講究慢工烹調，有一套固定流程，馬虎不得，而且在圈內非常有名，是朋友之間口耳相傳的美味。毛妹傳襲阿拔愛吃牛肉麵的習慣，可以三餐都吃牛肉不喊膩，阿拔戲稱她是「牛肉妹」。

充滿療癒的牛肉麵

有一次，孩子懷念阿拔的牛肉麵，我嘗試煮了幾次，都煮不出馬爺的原味，煮到我快要發飆了。我明明按照馬爺告訴我的方法，連牛肉、香料都一模一樣，到底哪一個環節出錯了呢？

孩子們殷殷盼望，在旁邊等得口水直流，我急切地想幫孩子們重溫阿拔牛肉麵的記憶。

我不太確定自己的記憶是否正確，我需要孩子們確認。唯有經過他們的確認，那才是真正阿拔的味道。

我煮的時候，孩子圍繞在鍋爐旁，我舀一口，請他們試吃味道。

「像不像？」小阿弟直喊，「不像、不行、不是這個……」

我再調整調味料，毛妹努力的回味。「不對喔，好像還少一味……」那一次失敗了。

失敗多次後，我終於想起馬爺的一個關鍵動作，那就是一般肉類在烹煮前，習慣用熱水燙過一遍，但馬爺不川燙，他通常一次買兩條牛腱肉（建議澳洲牛腱），整條放進鍋內，加一點油，直接乾煎，大約煎三分鐘，把血水逼出來，油水丟掉，牛肉盛出來，放在一邊。

接著準備一鍋水，放大量番茄（六顆，對半切）、洋蔥（兩個，去皮不切）、紅蘿蔔（一條，切塊）、蘋果（兩個，對半切，去核）、滷包，煮出味道之後，再將煎好的牛腱肉放進鍋內，上面放整條蔥（六條），煮一個半小時到兩小時，再把牛腱撈出來。待冷卻後，切片，撒點鹽即可。

煮的過程中，湯鍋會浮出一層厚厚的油。我記得他都守在鍋子旁，不斷撈出油水、肉渣，以免影響湯的純淨與色澤。

這一鍋蔬菜湯可把洋蔥和番茄擠出湯汁（鍋內的蔬菜、水果可以選擇吃或丟），原鍋的湯放一點鹽就是牛肉清湯，可直接放到麵裡，上面放幾片牛腱肉，形成清燉牛肉湯。

「這味道很像了吧？」

他們很興奮的回應：「很像，很像！」「Ya！這次成功了。」

我們家還會用另一鍋煮水，放入一顆蛋，煮成半生熟的蛋包放在碗上。吃時，再將蛋包弄破，讓蛋汁流瀉，又是一碗清爽的清燉牛肉湯。

這一碗牛肉湯，他們吃得到青菜、水果，營養豐富又健康。

在你來我往、七嘴八舌之間，我們很開心彼此都還記得阿拔這個人。

雖然這樣的心情五味雜陳，交雜著歡樂、驚奇、期待、緊張，還有內心浮現「若阿拔還在……」的感傷，但我們藉由「牛肉麵」回憶阿拔帶給我們的一切，一起拼拼湊湊出這個人在家的記憶。

這種療癒溫暖而正面，阿拔在我們心裡，也各自留下不一樣的幸福。

愛，沒有離開

我想讓孩子們知道，家裡的幸福不會因為少一個成員而減少。我們並沒有失去太多的愛，所以我努力創造單親家庭的好處與優點，以避免心中的悲傷轉為遺憾。例如，很多事情只要我們三個說好就好。

有一天，毛妹一個從小一起長大的朋友到台北來，住我們家，通常這時候，我都會安排一些特別的行程。我突發奇想，決定帶孩子去華納威秀看《黑暗騎士》，經歷他們從未有過的午夜場電影。

時間是週末晚上。當天下午，我叫他們睡飽一點，晚上十點多，才從家裡出發，通常這是他們上床睡覺的時間，而電影開演的十一點多，是孩子一天體力的極限。

一坐進電影院，他們就很興奮，偌大的戲院裡，只有他們幾個小朋友。他們挨著我，覺得很刺激。

電影時間長達三個多小時，結束時，已是凌晨。散場後，觀眾稀稀落落的從疏散梯往下走，他們看到這幾個孩子，都覺得我們怪怪的。我做足功課，特地帶他們到附近吃一家只有凌晨才開的涼麵當宵夜。

台北街道冷冷清清，車子稀稀落落，店家的鐵捲門都拉了下來，熱鬧的城市好像也睡著了，只有幾盞路燈閃著寂寞的光，我們清楚地聽到自己的腳步聲……那天給我的感覺有點苦中作樂，對他們卻是一場「冒險之旅」。

幾天後，我們還一直回味「午夜場」，這讓我們的生活稍微輕鬆了起來。

後來，我為「過世」下個註解，並告訴孩子們，「阿拔只是身體離開了，但是他的愛沒有離開，總有一天，我們都會在天家相逢，阿拔只是早一步過去而已。」

「在天家重逢」成了全家美好的盼望，也助我們逐漸走出傷痛。

毛妹很自然地說：「我爸爸也很厲害，他第一次玩，就戰勝魔王……」

不料，其中一位同學反問：「你爸爸？你爸爸不是已經死了？他怎麼還會跟你玩？你騙人。」

「歿」字怎麼寫？

新的學期開始，學校需要小朋友填寫資料。毛妹把表格帶回家問我：「『爸爸』這一欄，我現在要怎麼寫？」

突然被這麼一問，彷彿一根針，刺向我的心坎裡。

我教孩子「歿」這個字。

她很疑惑，「不是應該寫『死』嗎？」

我說：「『死』不好聽，應該是『歿』。」

「『歿』要怎麼寫？」

於是我寫在紙上，她一筆一劃跟著寫。

「那是什麼意思？」

「歿」是去世的意思。

毛妹第一次認識這個字。我望著她寫下「歿」，剎那間「爸爸死了」這件事，不是我們自己的認定而已，而是告訴大家：「我們是一個沒有爸爸的家庭。」

我有爸爸，只是他先去天堂了

有一次，毛妹從學校回來，告訴我她很討厭一個同學。因為這同學笑她沒有爸爸。

毛妹說，當時某人說他爸爸很棒，會玩某一種遊戲，另一位同學跟進，「我爸爸也有買給我。」毛妹加入他們的話題，很自然地說：「我爸爸也很厲害，他第一次玩，就戰勝魔王……」不料，其中一位同學反問：「你爸爸？你爸爸不是已經死了？他怎麼還會跟你玩？你騙人。」

毛妹聽了很委屈，她只是想告訴同學，爸爸以前玩這遊戲的情形，後來就默默離開同學的聊天，回到座位哭泣。

我告訴她，不要怪這個同學。他不是故意笑你。的確，我們現在沒有爸爸，他並沒有說錯。如果他真的笑你，會說：「哈哈哈，你是個沒有爸爸的小孩……」這才是嘲笑，對方只是說得很直白而已。你要原諒他，因為他也是小朋友，還不懂說話應該如何得體，才不會傷害別人的心。

我教她，以後你還會遇到這種狀況，因為上國、高中會遇到新的同學，他們都不會知道你爸爸走了。下回再碰到類似的狀況，你就回答：「我有爸爸，只是他先去天堂了。」回這句話時，要帶著微笑，要很驕傲自己曾經有這樣的爸爸，因為這個爸爸很厲害。

阿拔這樣叫毛妹起床

出事之前，這個孩子並不知道父親備受音樂人尊崇，也不知道他的知名度這麼高。在她的認知裡，爸爸只是一個胖嘟嘟、喜歡彈吉他唱歌、愛騎摩托車、會釣魚……的尋常父親而已。

毛妹在嬰兒時期很不容易入睡，一放回嬰兒床，立刻大哭。馬爺捨不得女兒哭，就把她抱在自己柔軟Q彈的圓肚上，讓她聽著爸爸規律的心跳慢慢入睡。

她超愛玩爸爸的肚子。那顆肉肉的肚球像一個大玩具，她喜歡趴在上面聽聽裡面腸子蠕動的聲音，爸爸常故意裝睡打呼嚕，然後突然抖動彈Q的肉肚，把她逗得呵呵大笑。

她也喜歡爸爸的味道，連睡覺也要靠向爸爸那一邊。記得一歲多時，她半夜醒來，發現爸爸的枕頭歪了，便用小手努力地幫他把枕頭拉好，再把爸爸的頭慢慢推回枕頭上。父女之間交流著無法言喻的情感。

到了入學年齡，冬天天氣冷，毛妹不容易準時起床。我軟硬兼施，都難以將她從暖被窩中叫起來。

「我來我來！」他先去浴室弄一條熱毛巾，再送到孩子身邊，親吻她的臉頰，再輕喚睡夢中的孩子。毛妹醒了，爸爸再幫她擦臉。孩子在溫暖的早晨醒來，心情愉悅，接著爸爸馬上幫她穿上襪子和外套……

我看著他細心呵護孩子的每一個步驟，覺得這個爸爸實在溫柔得太過分了，竟然可以做到這種程度。

好聲音遺傳自阿拔

爸爸愛女兒，連哭聲都視為天籟之音。有一次，我們帶著毛妹逛忠孝東路，馬爺要去對街買東西，我跟毛妹在另一頭等他。這孩子不知怎的突然生氣大哭，車水馬龍、人聲鼎沸，那尖叫聲穿刺耳膜，傳到對街馬爺耳裡。

他竟驚為天人，驚喜女兒的聲音穿透力十足。那哭聲蓋過吵雜的環境，連哭的音階都非常準確到位。「真不愧是我馬兆駿的女兒，將來一定很會唱歌。」

他認為女兒與生俱來就有歌唱的天賦，常在晚飯後抱起吉他，彈幾個音，把音符記錄下來。耳濡目染之下，他只要哼幾句，毛妹就跟著和。各種音符隨即在馬爺腦海裡串成旋律。父女倆哼哼唱唱的，彷彿家裡是音樂教室。

馬爺訓練毛妹唱歌的方式很特別。他採用玩樂代替教學的方式，激發女兒對音樂的興趣。例如，載毛妹兜風時，讓她站在摩托車前面。毛妹很喜歡，感覺自己要飛起來了。毛妹會先唱，爸爸幫她和音，等她適應音階的和諧度後，父女倆開始輪流、調換音階。

爸爸唱歌時，毛妹自然會去抓和音的共鳴點，所以，毛妹在很小的時候不需要鋼琴伴奏，立刻可以唱出和音。由於騎車有風速，唱歌時的聲音得大過風聲才聽得清楚，聲音自然會「放開」，這麼一來，才聽得到自己的聲音。

一家人。（馬爺彈吉他，最前方為小阿弟及毛妹 ，最右方為Juby。）

毛妹的音色甜美又響亮，是很多人不可抗拒的兒童天籟之音。全家一起做禮拜時，我們會帶著孩子們上台唱詩歌，馬爺交代音響師，把女兒的麥克風調大聲一些，希望女兒勇敢地大聲唱歌。

父親「歿」了，毛妹展開沒有父親的生活，然而卻遺傳了爸爸的音樂天分，學會基礎吉他之後，無師自通，國中二年級開始寫譜寫歌。透過音樂，她與父親牽起了一條此生不會斷線的父女情緣。

小阿弟的圍巾

遺失了圍巾的小阿弟放聲痛哭。
那是爸爸生前送給他的最後一個禮物。

父子情感與父女截然不同。幼童階段的孩子，雖然需要媽媽的照顧，但小阿弟更愛爸爸，爸爸像他的大玩具，常把他抬到肩膀上，或者爸爸會吃他的鼻子、兩人互咬耳朵、玩摔角遊戲。

父子倆也常相偕去釣魚，他喜歡看爸爸專注釣魚的神情，安靜地、仔細地看著浮標。

年幼的小阿弟懵懵懂懂，一直問：「有了嗎？有了嗎？」爸爸很有耐心地說，「等一下，等一下，慢慢來！」

爸爸教他掛魚餌，教他如何拋魚線。每次魚上鉤，爸爸一定要他的手過來一起抓著魚竿，感受魚與人之間的拉扯，想像魚的力量與尺寸。

爸爸這個觀念來自於一次全家到日本旅行，宮崎駿博物館裡有很多歷年國際名作卡通草稿，那些圖樣居然直接貼在牆壁，不怕被破壞。大家很納悶，每天參觀人數成千上萬，每人摸一下作品，很快就損壞，但大師冒著被損害的危險，目的就是讓孩子觸摸。唯有摸的親身體驗，才有真實感。

卡通雖然是虛擬，卻像真實的生命般被創造出來。於是，爸爸也是用這方式，帶領兒子感受釣魚的樂趣。

其實釣魚是很安靜、很孤獨的事。小阿弟年紀小，並不懂得「離水三寸，願者上鉤」的涵義，但他喜歡看爸爸以蟲當餌，把魚釣起來，覺得阿拔好厲害，尤其敢抓蟲，阿拔會趁機跟他講故事、聊天，他享受在「阿拔帶我出去玩、阿拔完全屬於我一個人」的樂趣中。

你就躺在我肩膀哭啊！

父子密切的互動後來衍生為「夥伴」關係。馬爺常跟小阿弟說，「我們是『夥伴』。」所謂的「夥伴」就是「你今天怎樣，我就怎樣。」

馬爺舉例：「你今天高興，我就高興。你不開心，我就不開心。我們站在同一條線上，你幫我一些，我幫你一些……」他認為男女有別，特別訓練小阿弟將來要有照顧家人的擔當，包括照顧家人的心情。

馬爺還跟他說：「你是家裡唯一的男生，是長男。有一天，阿拔、媽咪都會老，那時候，你就要扛起這個家喔！」

馬爺跟小阿弟說的話，也許孩子當時不懂，但他有記憶，都會刻在心裡。馬爺過世後，過去相處的點點滴滴，藉著懷念，重新拾回他愛我們的記憶。那些以前聽不懂或不在意或簡單的一句話，後來都慢慢的想起來。

馬爺走的那一年聖誕節前夕，也就是接近過世一週年，我特別的感傷。有一次，開車時，兒子說，他感覺媽媽最近心情沉重，大概知道是什麼原因，便對我說，「媽咪，沒關係，我有肩膀。」哇，我那可愛的兒子居然這樣說耶！

我說：「你那小小的肩膀，可以讓我哭？讓我靠一下嗎？因為我現在很想哭耶。」他回答說：「好！你就躺在我肩膀哭啊！」

我望著眼前這個傻楞楞的兒子，忍不住笑了出來。

因為爸爸這樣教他，他自然懂得與媽媽也是夥伴關係。小阿弟與爸爸的感情比較內斂，與姊姊不一樣。爸爸離開之後，他在學校的表現一如往常，能說能跳能唱能跑，沒受到影響。老師誇讚我把孩子教得很好。

爸爸生前送給他的禮物

但有一次，我去接小阿弟下課，到了校門口，正準備用笑臉迎接他時，小阿弟的臉雖朝著我，眼神卻望向他處。

我朝著他的角度觀察他看什麼——我看見一個父親來接小孩，手上拿著溜溜球、教孩子怎麼玩，父子倆玩得很開心。小阿弟看得入神，好像進入與爸爸一起玩溜溜球的情境中。

還有一次，老師告訴我，小阿弟上課時突然啜泣。原以為他被同學欺負，詢問之下，才知道他的圍巾掉了。老師安慰他，不要擔心，下課再幫忙找。

小阿弟立刻回：「我一定要找到，不然媽咪會罵我。」

老師心想，只是一條圍巾而已，怕孩子被罵，於是放學後打電話跟我說，希望我不要太責備他。

我說：「其實，那是爸爸過年前買給他的。」因為爸爸有個習慣，過年要給小孩穿新衣、戴新帽，大年初一，小孩的全身上下都要是新的，包括新的小內褲，他覺得這才是傳統的過年，才有過節的氣氛。所以我們夫妻在過年前都會幫小朋友置裝，爸爸買給姊弟倆同款不同色的圍巾。那是爸爸生前送給他的最後一個禮物，他非常珍惜。

「我知道掉在哪裡。可不可以讓我現在去找？」拗不過小阿弟的懇求，老師放行。但師生倆遍尋整個學校都找不著。回到教室，小阿弟放聲痛哭。

那一次，是自爸爸過世後，第一次在大人面前哭出聲。藉著一條圍巾，小阿弟將壓抑許久的情感完全釋放。

最後終於找到了圍巾，原來被一位老師撿走，正準備等下課拿去「失物招領」處。小阿弟如獲至寶，老師看了，不忍心地緊緊抱住他，眼淚也掉下來。

自從爸爸離開後，他每天戴著那條圍巾上學，不肯洗。經過這次事件後，他同意洗乾淨後收起來。

他把圍巾疊好，放在自己的枕頭下面。

「放在抽屜，不是比較好嗎？」

Juby、毛妹、小阿弟與飽妹。

小阿弟堅持不要，他說：「放在枕頭下，我伸手就可以摸到圍巾，就好像隨時可以摸到阿拔。」

用愛化解憤怒

小阿弟愛爸爸，不知不覺的把爸爸的離開遷怒在飽妹身上，因為他覺得「飽妹來了，阿拔就走了。」原本他是么兒，最受寵，現在大家關注的眼神全在飽妹身上，頓時間失去寵愛，所以他討厭妹妹。

飽妹七、八個月大，開始學爬的時候，有時會爬到小阿弟腳邊，他就把她踢開或挪開。雖然不用力，但都看得出對她不友善，而飽妹特別喜歡拿哥哥以前的玩具咬，小阿弟藉機抓狂，大叫：「你幹嘛又拿我的東西？」

我們三人有交換日記的習慣，有時候我工作很晚，回家時，他們已經睡著了，他們就把日記放在我床邊。某日，小阿弟在日記寫道：「媽咪不公平，阿拔走了，你就不愛我了。你比較愛妹妹，阿嬤也是。所有的人都愛妹妹，你們都對我不好。我討厭妹妹。」

我看了這篇日記很困擾，他年紀這麼小，卻裝著如此龐大的憤怒。我不可能跟他講大道理，但要怎麼說，他才會明白呢？

後來我去租了宮崎駿的《螢火蟲之墓》。故事中的哥哥很疼妹妹，因為爸爸、媽媽都走了，他們過著寄人籬下的生活。我跟他們一起看時，都會刻意說，「這個哥哥好愛妹妹喔！」「妹妹也好愛哥哥耶！你看，她都做土丸子給哥哥吃啊！」這影片多放幾次，我覺得對小阿弟很有用，把哥哥對妹妹的愛給喚出來了。

等他再大一點，我說：「全家人都可以對妹妹不好，只有你不行。因為阿拔走了，你就是一家之主，你要代替阿拔去愛妹妹。你跟姊姊都曾經跟阿拔相處，你們接受並享受過阿拔的愛，但是飽妹沒有。阿拔以前怎樣愛你們，你要把這份愛全部移交給飽妹。這是媽咪做不到的，卻是你的責任。」

他慢慢懂了，也覺得自己很幸運，還可以跟爸爸相處那些年，逐漸對飽妹的態度也有了轉變。

扛起經濟重擔

毛妹看到同學有花仙子系列的文具就想買。「媽咪，我同學都有耶，我好想要，可以買嗎？」

我說：「你的文具沒壞，可以先『忍』一個月看看嗎？」

馬爺離開後，這個家的經濟壓力瞬間落在我身上。馬爺沒買保險，沒有存款，而且我們還有九二一之後尚未還清的債務。

我朋友的朋友建議我跟銀行協商。「不是不還，而是延緩償還期限，至少可以減輕負擔。」這朋友認識銀行的高階主管，他認為馬爺過世的新聞在年節被媒體大幅報導，與論對我們孤兒寡母賦予很多的同情，銀行應該願意協助。

於是在朋友的穿針引線下，我跟銀行說明償還計畫。雙方一見面，對方就知道我是誰了，彼此省去很多解釋的時間，直接進入問題核心，「我不知道未來的工作會怎樣，但目前我有撫養三個小孩的壓力，希望可以從原本的金額下降至……一旦我的工作穩定，立刻調整，也許半年後，我們再做協商，不知道你們可以接受嗎？」

沒想到銀行沒有為難我，立刻答應，並降低利息，再延長還款期限。

我稍微鬆了一口氣，接著想到孩子的學費。我試著用同樣的概念試探安親班，可否有通融之處。當時兩個孩子都在同一家。「如果一次繳清，能否給個折扣？」沒想到安親班也願意給「優惠價」，讓我一學期可以省下一萬元。

光這兩個部分，我的生活壓力頓時減輕不少。

我從跟銀行協商的過程中開始學習理財。一位朋友說，像我們這樣的單親家庭，沒有辦法承擔風險，所以建議我選擇最穩健的儲蓄險和債券型基金。

在計算家庭支出時，固定把每筆收入的三成，撥到儲蓄帳戶裡，養成「收入先減掉儲蓄，剩下才是支出」的觀念。這麼一來，我對財務就有了基本原則。

飽妹是「大家」養大的

在「食」衣住行方面，嬰兒時期最大的開銷就是奶粉和尿片。說到這兒，我忍不住要說，我們家飽妹是大家養大的。

當時，別的教會有個姊妹是S26台灣區的高階主管，她透過朋友間接認識我。有一天，她寄了一大箱S26的奶粉給我。「你女兒就盡量吃，不管吃到幾歲，通通免費。」我聽了十分感動。

而尿片則是透過一位在醫院工作的朋友的協助，他們醫院經常統一團購尿布，人多折

飽妹小時候。

扣大，且常有優惠，非常便宜，「你也來參加。」如果廠商多送，她都給我。

在「衣」方面，孩子們穿的都是「恩典牌」衣服。我們有一群藝人朋友，孩子穿不下的衣服，就留給其他小朋友，像飽妹嬰兒時期的衣服就是很多人留給她的。

小阿弟穿過的衣服，全由何戎家的兒子接收。何戎的身材跟小阿弟（身高一百八十四公分）差不多，他的衣服就留給小阿弟……形成一個循環。

雖然是人家送的，但大部分的衣服都很新，質料也很好。有的買自國外，樣式新穎，甚至連標籤都還來不及拆呢！我們小心穿，穿不下了，就自動傳給下一個需要的人。此外，文具、繪本、玩具……都用同樣的方式，不但省錢，還可以幫助別人。

長大後的飽妹笑口常開，她去任何一個新環境都感到舒適，隨時可以跟大家融入在一起，有時還主動問老師需不需要小幫手。

「怎麼有這麼小的孩子就自信滿滿？」我覺得那是大家愛她愛得足夠，自然散發出來的魅力。

一堂物質欲望的課

在物質的欲望上，我告訴孩子們，「需要」跟「想要」的分別，「價值」與「價格」

的不同。

所謂「需要」就是一定要買。例如，鞋子破了或者老師規定買一本書或評量……我一定立刻購買。但，「想要」的東西，不一定要現在買，可以放在未來的計畫。

像毛妹看到同學有花仙子系列的文具就想買。「媽咪，我同學都有耶，我好想要，可以買嗎？」

我說：「你的文具沒壞，可以先『忍』一個月看看嗎？」

我覺得非必需品至少先忍一陣子，冷卻衝動。這一招的確有效，時間過去，等花仙子系列熱潮一過，她也沒那麼想要了。還有，我鼓勵他們培養儲蓄的好習慣，存到一定程度，再靠自己的能力買「想要」的，應該有一種「實現自己的夢想」的快樂。

至於「價格」和「價值」的差異，孩子比較難理解，所以我先用「價格」教育他們，當孩子們在國小階段時，我先給他們一個觀念，「超過一百塊的東西就叫『貴』。」不過也有不合宜的時候。有一次，我帶他們去夜市買球鞋，一雙標價都從三百九十元起跳。當毛妹選一雙想要的球鞋時，小阿弟卻一雙雙球鞋拿起來看價錢，然後說：「媽咪，我們換一家，這一家都超過一百塊，太貴了。」

這時，我才循序漸進的談到價值。藉機告訴他，球鞋的價格比一般用品高。很多用品不是便宜就好，有些質感不錯，價錢高是可以接受的，反而有些用品價格太低，多屬於

劣質品，就沒有價值了。

我不斷跟孩子溝通，不需要的東西，完全不花，一起存錢，集中火力，花在刀口上。我們全家有目標的過著省錢生活，有時會省五天，找週末或週日去看場電影或吃頓好吃的。

我們曾省吃儉用一年，存錢到日本東京迪士尼樂園玩。在五天行程裡，享受過去一年努力的成果。

我們的物質生活不富裕，我不可能事事讓孩子得到滿足，但是我會想辦法在心理層面給愛，那麼孩子在物質層面的需索，就不會那麼渴求。所以儘管日子過得

節儉，但兼顧生活品質，親子關係也更緊密。

家人從親人驟逝體會到，很多事不一定會照著計畫走。生命的意外，讓他們提早面對生活的困頓，也提早養成「儲蓄」跟「節儉」的習慣。

從「代夫出征」到走出自己的路

這一路走來，我們受到社會無數人的協助和祝福，其中一場看似無關緊要的演講，卻意外打開我的職場大門。

話說，馬爺過世前原本在宜蘭

大學有一場演講，他離開後，我「代夫出征」，原本談「音樂」的主題，我改為談「馬兆駿」這個人帶給我的回憶。

然而，上台講不到三分鐘，台下就傳來一片啜泣聲。

我演講感人的訊息開始傳出去，很多單位覺得這樣的生命分享具有激勵人心的作用，後來教會的邀約接踵而至，慢慢的，延伸到學校、社團、婦女社團、公家機關……演講題目還涵蓋親職教育。

關於我演講的報導增多，有的媒體還製作「馬爺遺孀」的專題，但有些外務，我應付不來，有時場次過於集中，我一度撐不下去，於是我去請教偉忠哥。

馬爺跟王偉忠原本就有交情。他很夠義氣，願意當我的對外窗口，把我納入他的旗下。對於任何演講和通告，都先請經紀人評估，對我形象有正面幫助的才接。

我的職場生涯從接手過世丈夫尚未完成的瑣碎事務逐漸展開，觸角擴及廣播、電視、戲劇，順利地走出一條自己的路。

我原本以為馬爺走了，人不在，情也不在，但演藝圈溫情仍在，這讓我非常感激偉忠哥。

遇見「湯志偉」

湯志偉用雙掌抓住我的肩膀說：「妹子啊！加油！」那模樣像極了大哥哥。我緊張的一顆心，本來卡在喉頭，他這一拍就掉到胸口。我稍微鬆了一口氣。

馬爺過世一年左右的某一天下午，我帶孩子到敦南誠品書店去看書。我剛走進誠品大樓，隱約覺得門口似乎有認識的面孔。我往回看，看到湯志偉和鄧安寧導演站在那兒，好像在等人。那是一個陰天午後，湯志偉拿著一把黑色雨傘，穿著牛仔褲，配一件素色襯衫，十足休閒裝扮。

我想起馬爺紀念專輯及幕後旁白是湯志偉幫忙的，他也曾透過Good TV（好消息電

視台）傳口信給我。「如果有任何需要，請盡量開口。」是很多釋出善意的朋友之一。但在那當下，我要處理的事情很多，並沒有刻意去謝謝他們，包括湯志偉。

於是，我倒回至門口，欠個身，向他道謝：「你好，湯弟兄，我是馬兆駿太太……」他嚇了一大跳，沒想到會在這裡碰到我。他向我走近一步：「喔！是是，你好你好。」我說：「謝謝你為馬弟兄所剪輯的紀念影片，辛苦你了。」他客氣的回：「哪裡，哪裡！」

他投射出對馬爺驟逝的惋惜，想要給我更多問候，但我的語氣，讓他沒有繼續安慰我的空間。我揮一揮手，向他道別。

離開前，他看了我孩子一眼，透露著「接下來的路不好走啊！」的表情，要我節哀保重。

在那不到兩分鐘的第一次接觸，湯志偉給我的印象正如馬爺所說的──溫文儒雅。

馬爺過世前最後一個綜藝節目通告是上利菁主持的《麻辣天后宮》。他錄完影回來跟我說：「你猜，今天我遇到誰？」「誰？」

「湯志偉，我們還小聊了一下。這個人滿不錯，看起來很紳士。」我那天看到湯志偉本人的感覺也是如此。

把我從深淵拉起來的電話

這條路的確不好走，甚至比我想像的艱難。那一陣子，我們全家都還籠罩在失去親人的傷痛，雪上加霜的是，過年後，媽媽肺炎住院了。我待在台大醫院照顧媽媽的某日，接到一通來自Good TV的電話。

我跟Good TV過去的淵源是跟馬爺一起到該電視台當來賓，分享我們原本瀕臨破碎的婚姻，如何藉由信仰挽回。

在這之前，我們倆夫妻曾在「台北之音」共同主持一個節目，馬爺過世後，由我獨挑大樑，並且還多了一個基督教機構的「佳音電台」的主持工作，也許因為這緣故，加上Good TV需要新的主持人，所以才找上我。

「我們有個新節目談家庭，覺得很適合由你主持。相信你的生命經歷，絕對可以提供觀眾一些正面的影響……」他們知道我在電台主持過節目，而馬爺過世後，我接了一些演講，口條不錯，也不算新手。

對於當時正需要工作賺錢的我，有電視台願意提供我主持機會，對我來說，是極大恩典，我非常感激，也很感動。不過，演講跟主持節目不太一樣，我何德何能讓他們從我生命中看到一些勇氣、力量、智慧？我覺得他們太看重我了。但這通電話把我從谷底深淵稍微拉上一把。「我們想跟你進一步聊一聊，可以嗎？」

隔天，節目部的主管和製作人興致勃勃的來，我們約在台大醫院的伯朗咖啡見面。

他們提出一個《全家哈哈哈》節目企劃案。其中內容是由兩人一起主持的帶狀節目。

他們覺得我跟誰搭配都沒問題，想先確定我的意願。約莫過了兩個禮拜，GoodＴＶ節目企劃的雛形已經出爐。

「我們根據你的談吐，幫你找了一個搭檔——湯志偉。」

「湯志偉？不錯啊！他為馬爺製作過紀念影片。我很感激他。」

再度跟湯志偉相遇，就是在GoodＴＶ的企劃會議上了。

這是我生平第一次主持電視節目，戰戰兢兢。很早就抵達會議室，很認真、很仔細的研讀製作單位給的流程，並備妥紙筆，以便隨時記下重點，活像新生入學。

接著湯志偉進來了，因為是前輩，我很有禮貌的站起來，稍微鞠個躬道：「湯哥好！」他看到我，面帶微笑，禮貌性地說了一聲「嗨！」其他人也紛紛跟他打招呼，「湯導好！」他雙手揮一揮說：「好好好，大家坐！」

首先是製作人發言，說明節目的緣起和期待，偏向制式化的官方說法。輪到湯哥時，他說，雖然在圈內四十幾年，但在GoodＴＶ卻是第一次。他是以奉獻的心態做這節目……他講話很沉穩，當他講到節目該呈現的氛圍時，說得非常專業。我覺得應該可以從他那兒學到很多東西。

幾乎把每個字都吃進去

會議結束後，我主動找他，「湯哥，要不要討論一下這節目該怎麼配合？」我做過廣播，兩人搭檔「默契」最重要。我想跟他多說幾句，至少做個自我介紹，除了我是馬兆駿的遺孀，也讓他認識Juby是怎樣的人。

「你不用擔心喔！」他的回應冷淡而緩慢，尾音往上揚，有點像電影《穿著Prada的惡

魔》的主管，令人不寒而慄。意即，他雖然臉上散發溫和的笑容，但也把輩分「端」在那裡，我只好恭敬地回：「是。」

回家後，我乖乖的背稿。這一回的碰面，跟上一次感覺判若兩人。後來我才知道，他公私分明，在工作上很嚴肅，跟私下完全不一樣。

開錄當天，我很早就到化妝室。手上拿著稿子，一直背誦，幾乎要把每個字都吃進去了。我很緊張，製作單位備妥的早餐，我根本吃不下，心情七上八下。

沒多久，我聽到外面一陣騷動，吵雜的聲音由遠而近，然後進入化妝間，原來湯志偉來了。工作人員一句句的「湯哥好」此起彼落，甚至有人說：「湯哥來了，耶！」像是巨星出場。

湯志偉向化妝間的人打完招呼後，走到我身後，他用雙掌抓住我的肩膀說：「妹子啊！加油！」那模樣像極了大哥哥。

我緊張的一顆心，本來卡在喉頭，他這一拍就掉到胸口。我稍微鬆了一口氣，這跟第一次開完會高高在上的「前輩」又不一樣了。

我把握開錄前的幾分鐘，努力背稿，尤其對方說到哪裡，我要接什麼話，幾乎背得滾瓜爛熟。另外，在引導來賓發言時，我還加強一些表演性質的梗呢！

我準備充分，蓄勢待發。

我心想：「你故意要我出糗囉？」「你一定要讓電視機前的觀眾感覺我是菜鳥嗎？」我心裡湧出無數的ＯＳ。

我甚至在心裡咬牙喊道：「你・讓・我・講・一・句・行・不・行？」

一起主持節目

第一集開錄，現場聚集很多工作人員，「燈光不對喔！」「等一下……」「那個燈，麻煩再調一下……」我不管周圍多吵雜，仍趁機看稿，就像參加聯考的學生趁鐘聲響進考場前努力不懈一般。

開始囉！現場ＦＤ大喊：「五、四、三、二、一……」我們一起喊節目開頭的口號，

「全家哈哈哈，快樂哈到家。」接著湯哥問：「今天咱們哈什麼呢？」我便接：「今天要哈一個X主題。」我講完之後，理所當然要換他了。

你・讓・我・講・一・句・行・不・行？

這下，意想不到的事情發生了。他一開口就滔滔不絕，沒停下來的意思。每一句都說得非常流利，振振有詞，但完全即興演說，沒有一個字是按製作單位給的稿說的。

我當場倒抽一口氣，該怎麼辦？我是背稿來的，我聽他嘰哩呱啦講一大篇，卻不知該從哪裡搭詞。

我能說的只有製作單位準備的稿的括號裡的「驚訝狀」或「表示贊同」，還有無意義的「對！」「沒錯。」「真的？」「喔，你也有這種感覺！」和僵硬的笑容。

我心想：「你講這是啥？」「你在整我嗎？」「你故意要我出糗囉？」「你一定要讓電視機前的觀眾感覺我是菜鳥嗎？」「沒想到你竟然是這樣的前輩！」我心裡湧出無數的OS，這些疑問在腦海盤旋不去。我甚至在心裡咬牙喊道：「你・讓・我・講・一・句・行・不・行？」然後導播喊「卡」。

以上是開場。來賓上場前有一段休息時間，而我短短幾分鐘的表現簡直像白痴。我很憤怒，有一股衝動想問：「你這是什麼意思？」但又想到「他是前輩」，我不能發飆，我要隱忍。

這時湯哥站起來，整理服裝，從容不迫的說：「怎樣？行吧？」還若無其事的安慰我：「別緊張，妹子！」

我終於鼓足勇氣說：「湯哥？你怎麼都沒按稿子講……」

我話還沒說完，他不耐煩的打岔說：「ㄟ，稿子是拿來參考用的。」一副別理它的模樣。「反正等一會兒就這樣了喔，別緊張。」

我說：「接下來還這樣嗎？」他說：「沒問題的。」

「我……我……」我結結巴巴的說，「我是新人哪！」

他說：「放心，我知道你廣播出身，可以的。」

我可以什麼東西啊？你也要配合我呀！給我一個詞說吧！我怎麼知道你要說什麼，我該答什麼呢？我們從沒一起主持過，而且我滿腦子都是稿啊！

原來，我只是配角

幾分鐘後，導播要我們就定位，現場ＦＤ再度喊：「五、四、三、二、一……」

我再次重複那些廢話，「對！」「沒錯。」「真的？」「嗯，」……第一集錄影所呈現出來的我，是個拙口笨舌、言之無物的人。

好不容易收工了。製作單位的人都過來給我鼓勵，「嗨，Juby不錯！」

我很不好意思，彎腰鞠躬，「對不起，我稿子背了，但不知道該怎麼講……」我下一句想說的是：「因為湯哥不背稿，是要我怎麼接呢？」當然，這一句我沒有說出來。

好險我沒說出口，因為我轉身看到工作人員圍著湯哥，對他的讚美溢於言表，「真的，薑是老的辣！你太厲害了。還好你沒有按稿子講。我們沒寫的，你都幫我們說了，實在是太棒了！」

一聽到這兒，我心想：「那我背稿是白痴嗎？」所有的聚光燈都在他身上，我好悶啊！原來他才是主角，我只是陪襯的配角而已，心情沮喪極了。

我低頭把那張我非常尊重的稿子折好，放進包包裡。我告訴自己，既然答應製作單位，就要扛到底。

走出攝影棚前，我覺得真的應該找湯哥談一談了，至少要檢討這一集的利弊得失吧！我在心裡演練著待會兒要跟他講話的內容。

湯哥好不容易從鎂光燈中脫離出來。我說：「我請你喝一杯咖啡。我們培養一下默契，好嗎？」

他說：「ㄟ，瞧你緊張成什麼樣？我叫你別緊張嘛！收工了，我走囉！」他東西一拿，真的就走人了耶！

離開攝影棚之後，我開車，他搭捷運。我越想越不對勁，打了一通電話給他，我說，「我今天的表現太令人詫異了，不是你的問題，是我的問題……」我把所有的問題全歸咎於自己，「我可以做得更好，你給我機會，好不好？我們聊一下？」

電話那端傳來一個非常冷酷的聲音，「可是我已經快到家了。」

沒有第二句話，我只好說：「我是個新手，要讓你跟一個菜鳥搭檔，對不起啦！那麼是不是下一次的錄影提早一點來？」但他仍敷衍以對。

我面對他時，姿態卑微到極點。實際上，我心裡有一堆圈圈叉叉。

鍛鍊出「接球」的好功夫

山不轉只好人轉了，他既然要來即興的，我何必堅持背稿呢？他不按牌理出牌，咱們就撞撞看吧。

第二集，製作單位照給稿。我抓住主題和梗概，從中收集所有相關資料，腦子裝著檔案，湯志偉一、湯志偉二、湯志偉三……把他可能會講的內容，分門別類；那麼應對的

就有Juby一、Juby二、Juby三……看你怎麼說，我怎麼接囉。

開錄之前，我們仍然開會。這一次，我不再是那個戰戰兢兢的菜鳥。我冷眼旁觀，擺出一副看你這老狐狸要怎麼說的心態。你說要照顧我這晚輩，但你沒有耶，反而給我更大的困擾呢！這是我在會議中的ＯＳ。

但這一次，他反而安靜了，沒說什麼話。

我不知道這老狐狸又要變什麼把戲了。他不說話，那是要我說嗎？還是要探我幾斤幾兩重？於是我開口了，還多提出一些相關問題和看法。

第二次錄影結束，我自認為低空掠過，狀況當然比第一次好。

收工了，我同樣認為該檢討當天的狀況，但他仍一副官樣的「辛苦啦！」「謝謝啦！」背起包包，腳步輕盈的離開，彷彿來攝影棚是打卡上下班似的。

我試著叫住他，但算了，我也不想熱臉再去貼人家的冷屁股。於是，我也默默整理稿子和包包走人。之後的合作如履薄冰，但有些狀況卻悄悄地改變。

收工時，工作人員會跟我說：「Juby姐，你真是了不起，湯哥這樣天馬行空的講，你也可以天外飛來一筆的接，而且接得這麼好！厲害啊！」

他真的是亂拋球，我還是小心謹慎的接球，所以，我一上節目所有的感官觸角全在他身上，因此鍛鍊出我接球的好功夫，彼此的默契也越來越好。

原來，他離婚了

我看著眼前這位我視為大哥的前輩，卸下所有的尊嚴哭泣，像個無助的孩子，非常心疼。我伸出雙手，把他摟在胸前。輕拍他的背，陪著他哭，沒說任何一句話。

他準時來，準時走。收工後，一刻不停留。但我平常哥長、哥短的，多少拉近一些彼此的距離。

有一天，他大發慈悲，願意留下來教我一些技巧。講完後，他說：「妹啊，我搭你車。」

「搭我車？好啊！」

後來，開工前，他會提早到。收工後，因為要搭我的車，會跟我一起離開，或者趁機留下來，檢討剛錄完節目的優、缺點。最後，他真的願意跟我到外面喝一杯咖啡了。

因為孩子，拉近彼此距離

某日，他主動約我一起用餐。我一回到家，就接到他打來的電話。他從不在離開攝影棚後跟我聯絡的，我猜一定是重要的事，但電話那端說：「我還沒到家啦，不過剛下捷運時，遇到了影迷耶……」我愣住了，沒想到是說這個。

此後，我們閒聊的時間越來越多。他知道我們的兒子同齡，在錄影空檔會聊到十歲出頭孩子會做的事。

有一次，談到幫孩子買球。他問，除了在體育用品店之外，還有沒有便宜一點的地方？我告訴他：「大賣場也賣籃球，比專賣店便宜，品質不會差太多。」他竟說：「我在網路上看到的更便宜……」從這對談，感覺他滿省的。

不知不覺的，我們從工作、生活、家居用品、親子關係延伸到美食。他常問一些飲食問題，我一開始以為他是「老饕」。有一天，他問：「我聽你跟化妝師說你幫孩子補身體什麼的，那是什麼湯？怎麼燉？」我一時還沒聽清楚，他再補充，「你說湯底可以拌麵線……」喔，原來他想當「賢夫」。

我們家有男有女，有老有少，我就燉一鍋全家都可以喝的，專門補氣的湯。我把作法告訴他，他真的買回所有的食材，準備親自下廚，但煮的次序不十分確定，撥了電話給我。我便在電話中一個步驟，一個步驟的教。

從燉的、補的、煲湯，從蔬菜湯、羅宋湯、番茄牛肉湯，連韓國的牛肉海帶湯都傳授給他。他發現喝湯的好處很多，漸漸的愛上湯品。

「同一國」的人

我們對飲食有非常多雷同之處。有一次，錄影剛好介紹「甜點」，錄影前，原本公司要放餐，我們一致決定不吃，準備餓著肚子吃甜點。

那一集有各式各樣的甜點，但端出來的每一樣都有巧克力，我傻眼了。「我不吃巧克力。」沒想到，他也不吃。好在有冰淇淋，我愛吃冰淇淋，而他也超愛冰淇淋，於是我們商量好，鏡頭先帶我吃一湯匙巧克力，當我說：「哇，這味道好棒喔！」接著鏡頭帶到湯哥說話。我趁他說話時，把那一湯匙巧克力拉出來，就是避開我們吞下去的鏡頭，並且歡歡樂樂的把節目做完。

錄影結束，我們飢腸轆轆，趕快找東西吃。這時，我們發現彼此都愛吃海鮮，尤其都愛吃鮪魚的眼睛，貝類也愛，還有牛肉越生越好，幾乎吃三分熟，帶血的和牛也讓我們瘋狂……討論到最後，我們變成「同一國」的人。

但有些餐廳要人多才能點到多樣的菜色，由於兩家孩子年紀相近，我們就帶他們一起出來吃，孩子們趁機互相認識，慢慢的，也一起出遊、打球、騎腳踏車……

我們的關係，逐漸的從同事變成朋友，話題越談越深。

深藏的祕密

這時，我們認識已經一年多。有些話，我就比較敢直接問了。

「哥，我怎麼老覺得你比我還像『單親家庭』？很多日常瑣事，應該是太太做的，怎麼會由你來問我呢？感覺有點奇怪耶！」

他初期的回答是：「沒有啦，我太太去補習。補醫學上的專業，她要考執照。」

但不對啊，即使補習再晚，還是碰得到面，加上我從來沒見過他老婆來探班，也沒看他與老婆通電話，兩家出遊，也不見她的身影，「怎麼回事？」

有一天收工，他主動說要搭我的車。這句稀鬆平常的話，他平日不會特別講，我有預感，他有話要說。快到家了，他沒下車，端坐著，沉默了幾秒，開口道：「其實，我已經離婚了……」

「什麼?離婚了？」我既驚訝又難過。「我沒聽說耶，所以沒有人知道囉！」

「我們早就形同陌路，像是同住在一個屋簷下的室友……」

「你家人知道嗎？」

他搖搖頭，除了兩個當事人之外，我是第一個知道的。「這樣更不行，你至少要讓爸爸、媽媽知道吧？」

我調整急促的語氣說：「湯哥，基於信仰，我們不能過這種欺騙的日子……」他明瞭，因為很多場合，湯嫂總是缺席。不論走到哪裡，朋友都會問：「咦，今天太太怎麼沒來？」「怎麼又是你一個人？」他總是謊言以對。

在一般觀眾眼裡，湯志偉是好爸爸、好丈夫、孝順的好兒子、演藝圈的模範生……他怕離婚的事會影響藝人形象，傷害到自己的父母親。不敢想像他們知道後會怎樣。他想破繭而出，卻沒有勇氣。

「請問你要怎麼面對你的兒子？這份愛怎麼完全？你當基督徒比我還久，為什麼不把隱藏多年的事情交到祂面前？」

他沉默不語。

陪著他哭

我覺得他是慌亂的，不知道該怎麼做，然而我這樣樂觀、熱情的個性，在信仰裡，又是他唯一可以信任、談心的對象，此時此刻，似乎變成他在大海裡想抓住的那根浮木。

我勸他：「湯哥，主耶穌仍然很愛你的。祂瞭解你，祂安靜的陪著你，不離不棄的等待你回到祂面前……」

聽完後，他哭了。「放心」的在我面前哭了，彷彿隱藏多年的祕密，全透過眼淚釋放出來。

我看著眼前這位我視為大哥的前輩，卸下所有的尊嚴哭泣，像個無助的孩子，非常心疼。

我伸出雙手，把他摟在胸前。輕拍他的背，陪著他哭，沒說任何一句話。

然後，我拉住他的手，一起禱告。我覺得我找回了一隻迷途羔羊。我有更多的熱情協助他走出黑暗。

當他把藏在心裡最底層的祕密告訴我之後，我們的關係更進一步。我們成為這世界上最能瞭解對方的夥伴了。

彷彿一家人

我記得節目曾探討「單親家庭」的議題，我從旁感受他對這議題的關切。那一集，他很投入，傾聽專家的意見。其實，我看了有點心酸，因為只有我知道為什麼。

由於我們都是單親家庭，我將心比心，更能瞭解他的需要。因此日後到超市或大賣場買東西，就會順便問他需不需要。「這種事，媽媽比較懂。」他也是，像湯哥要買棒球手套給寶貝龍（湯哥的兒子），也順便買一個給小阿弟。「這種事，爸爸比較懂。」

寶貝龍跟我兒子同齡，只比毛妹小一歲，久而久之，兩家常會從事一些戶外活動，有時還一起團購呢！

有一次，我們相約一起去泡溫泉。以前全家泡溫泉時，小阿弟常被迫與我們分開，由於沒人陪伴，他早早就起來，在外面等，泡得一點都不過癮。跟湯哥認識後，小阿弟就跟著他們父子，我們兩家分別彌補的爸爸和媽媽的角色……彷彿是一家人。

天啊！他親我了

我心裡有個聲音在逼問著：「一個失婚，一個喪偶，真的不可以嗎？」

由於我們在螢光幕前搭檔主持的形象很好，默契頗佳，逐漸的，便走出攝影棚接受商演，像是世界展望會、行政院活動……記得有一次，我們受邀到屏東主持一個愛心晚會。

節目部有些同仁陪同南下，大夥先搭高鐵到高雄再轉計程車過去。那部計程車坐了四人，攝影師的器材多坐前座，執行製作、我和湯哥都坐後座。湯哥坐中間，我坐旁邊。

怦然的一刻

由於高鐵上我們都在討論晚會內容，一上計程車，兩人累得睡著了。到了目的地，眼睛一睜，赫然發現，我竟然不知不覺的靠在湯哥的肩上。

天呀！這是我幾年來最靠近男人的一次，我差點沒彈跳起來。我裝作若無其事，整理服裝，撥弄頭髮。「喔，到囉？」

我用餘光偷瞄他，似乎他也故作鎮定，可是氣氛裡透露著一種難以言說的曖昧……

晚會上有個橋段是我唱一連串英文組曲，由於伴唱的Demo帶前一晚才臨時編好，演唱時不小心漏了一拍，但我及時挽救回來，一般聽眾也沒聽出來。

但湯哥耳尖聽出來了，我側眼看到他，明目張膽的用手半掩著嘴，哈哈大笑。當下，我覺得有點生氣，又很不好意思。在後台休息室裡，他邊笑邊說：「被我抓到了……」

我吹鬍子瞪眼的。「好好，不生氣，不生氣……」他拉我坐下，就在我尷尬的當下，他伸手摟住我肩膀，突然的，嘴巴湊過來在我臉頰親了一下。

我心裡喊：「Oh my god，這是怎麼回事？」頓時，兩人都安靜了。

我心裡怦怦怦的狂跳。當下沒有其他人，即便如此，我也不敢正眼看他。

理智告訴我：「沒事沒事，這只是一個玩笑而已，別胡思亂想。」接著，他看著我，等待我的回應。

而我卻用了最笨拙的方式，自以為可以圓場的說詞，「好，你不跟別人說，我就原諒你。」

此話一出，我恨不得鑽入地洞。「我的媽呀！我在胡說八道什麼呀！」

然而，此時此刻，我心裡正注入一股暖流，我明白，那是悸動。但是我無法定義這種感受到底是煙火短暫曖昧的照亮夜空？還是早已醞釀的信任與依賴？

晚會結束，工作人員先開車送我們去高雄搭高鐵，隔天的工作行程在台中。我坐副駕駛坐，湯哥坐我後面。

雖然工作結束很輕鬆，但湯哥這一親，我的心情卻很糾結。

那份尷尬仍然持續，那份悸動仍在盤旋。我用各種辦法想澆熄內心的掙扎，禁止那股暖流再進來，但任由我怎麼努力，都沒有辦法。

工作人員可能認為我們應該很累，需要休息，沒多說什麼，專心開車。我瞇著眼睛假寐。就在那安靜的時刻，湯哥從後面伸手碰觸我的肩膀，撫摸我的脖子，溫柔的幫我按壓著……這一刻，是千真萬確的表達了。

到了高雄，我們仍一路靜默。高鐵的雙人座是最有空間和時間說話的地方。此時，我已經無處可躲。

他終於打破沉默：「你知道我對你的感覺，對不對？」

這段時間，我略有感覺。

不為人知的告白

有幾次錄影，當機器正在setting、燈光還在測試、我趁機ray詞之際，我的眼角餘光發現他正在看我，看得出神。那種眼神多了很多情愫，不是正常看一位朋友的方式。

偶爾，我也轉過身，當我不小心撞上他的眼神，我會不經意的收起來，轉為看天花板或搜尋四周的環境，假裝沒事，但他仍專心的注視著我……

我當時的心情很複雜，會不會是自己的錯覺？因為我絕對不能有非分之想。自從馬爺離開後，我一直叮嚀自己千萬不能有任何差錯，我不斷告訴自己：「不可以！不可以！」

他突然握住我的手：「我沒有辦法再隱藏了，我不想騙我自己，也不想騙你，這段日子，我常常看著你……我想以我們的默契，你應該知道。」

聽到他的告白，我的眼淚立刻滴下來。那時才知道，原來我內心深處需要男人的愛，這樣的溫暖融化了我。

「但你的事情只有我知道，別人都不知道。我們在一起會很辛苦。」

他不以為然的說：「我們在感情上的基礎是很堅定的，很難得在這把歲數還能遇到對方。你不覺得應該好好珍惜嗎？」

「珍惜，是啊！但是好難，我沒有勇氣。」

這時，他很自然的把我摟在懷裡。我們就這樣認同了這份感受。

又幸福又矛盾的心情

就在這樣不為人知的浪漫告白中，我們不知不覺地到了台中。台中是我的故鄉，「我帶你去夜市吃好吃的。」他聽了好開心。

我們牽手逛夜市，儼然一對夫妻。在攤子坐下時，他很自然的把辣椒遞給我，我也把蒜頭遞給他（我吃東西配辣椒，他吃東西配蒜頭）。我知道他吃東西要先擦筷子，馬上遞上衛生紙，接著他夾菜給我……我們很有默契的把這些流程變成一種儀式，完全沉醉在愛的甜蜜裡，甚至加溫為幸福。那種加溫好像僅剩下一點點的瓦斯，不斷努力點燃它，好讓這溫度持續進行……

清風徐徐，吹著沁人舒爽的秋風，涼意上心頭，我們靜靜享受著浪漫的詩意；直到回旅館，回到各自的房間。

隔天，遠以為昨夜的深思熟慮會幫我們更多了理智。我忐忑的問，「你確定我們真的要這樣嗎？」

他理直氣壯的說：「我們又沒有犯法。」

我愣了一會兒，附和著說：「對。」那一刻，我被他說服了，但過一會兒，隨即想到若此事公開，我們要面對社會輿論、教會朋友，還有馬家人，頓時覺得無能為力，這時，我又退縮了。

可是，我心裡有個聲音在逼問著：「一個失婚，一個喪偶，真的不可以嗎？」

愛得越深，愧疚越大

我想跟馬爺懺悔，但沒人聽，沒人理。我越哭越大聲。我非常恐慌，彷彿眼前有個黑洞，我就要被吞噬了。

自從中南部之旅回來後，一切變得不一樣了。我心裡累積很多話，想找人說，這時我想到馬爺的好朋友巫啟賢。

他在北京，平日忙碌，我只好在WeChat留言：「最近好嗎？回台灣找我喔，一起吃個飯。」我很少主動跟他聯絡，他一定聽得出這通留言背後隱藏的心事。某日，啟賢回台灣了。

老友的支持，猶如定心丸

「說吧，我有心理準備，來——」他端坐著，雙手插在腋下，擺出一副洗耳恭聽的模樣。

我說：「啟賢，你和老馬像親兄弟，這件事，我只能對你說，我真的被卡住了。雖然我是個單親媽媽，但因為在信仰裡的學習，我仍對生活和工作展現熱情積極努力的態度。或許這樣的熱情，感動了湯志偉，吸引他對我的目光，於是他向我告白了。怎麼辦？」

啟賢聽完後，一頭霧水，認真的問：「湯志偉是誰？」

「啊，你不認識他嗎？他是童星起家的，演過……」啟賢想起來了，「是他呀！好像形象不錯！」

「對，圈內人說他是乖乖牌。當初我只是知道他的婚姻出了問題，想協助他，沒想到卻種下了愛苗……」

「我不知道你該不該愛，但我支持你。當初老馬跟你結婚，不是說好要給你幸福嗎？

但他沒有完成這份承諾啊！如果你跟湯志偉能夠幸福，那麼就去做吧！以我對老馬的瞭解，他會同意的。」

啟賢這番話，讓我吃下一顆定心丸。因為他跟馬爺最好，他可以抓出馬爺的心思，彷彿他的答案就是馬爺的回應了。

無法見光的愛

長期以來，我在生活上都扮演關心別人的角色，鮮少有人主動關心我。然而湯哥一句：「你吃了嗎？」這麼簡單的問候，就能在我心裡激起一陣漣漪，原來我也有對愛的渴望和期待。

我欣喜的回答：「我吃啦！」他繼續問：「你今天吃什麼？」我一五一十的告訴他，並且附帶說明今天做了什麼。

即便是像日記般的行程交代，都那麼的溫暖。這些原本在婚姻中稀鬆平常的對白，現在怎麼變得這麼珍貴！

我們在工作上必須忍著不能讓別人發現，但心靈上卻如此有默契，甚至有時候，他看我一下，那眼神透露著：「你好嗎？親愛的！」重點是「親愛的」這三個字。我們享受工作，也享受愛情。
由於我們有所矜持，有所保留，這份愛情進展得很緩慢，但這段時間，由同事、朋友、夥伴到情人所累積的信任感，使我們比任何人都珍惜這得來不易的感情。
唯有失去過，才懂得再度擁有的可貴。以目前的速食愛情，應該很難體會我們搭個肩或勾勾小指頭的浪漫。導致每次甜蜜的約會結束，那聲再見都顯得沉重，彷彿那浪漫的夢境將熄，好捨不得。

幾乎被黑洞吞噬

回到家，我一如往常，「嗨，寶貝們，媽媽回來了！」我伸出雙手，孩子們飛奔而來，我們擁抱、親親，互道晚安。然而，當我把客廳的燈關掉，回到自己的房間。才短短的幾秒，彷彿走到另一個世界。
剛剛我還是孩子的「媽」，但當我看到牆上掛著我們的結婚照時，瞬間，我的身分搖身一變成「遺孀」。我沿著床邊無力的跪下，竟有不忠的罪惡感。
我視「從一而終」的愛情為偉大忠貞的象徵，然而我愛上別的男人，等於玷污了自己的愛情觀，這就是背叛。我感到無比愧疚，不斷自責，「你怎麼可以不顧馬爺的顏面，去享受另一份愛情？你怎麼沒為他守住名聲？你怎麼敢呢？你這女人好可悲喔！你太大膽、太無恥了！你這個寡婦是怎麼當的？這種事若公開，你一定會被笑死……」我數度把自己逼到牆角，那種無力的癱瘓讓我無法分辨那些辱罵的聲音是真是假。

突然的，馬爺的臉籠罩在眼前，壓得我喘不過氣來，一聲「sorry」從天而降，我喃喃自語：「寶貝，對不起，我錯了。我不應該跟別的男人約會，但我沒有忘記你。真的，只是兩人出去吃個飯而已。」

我企圖跟他解釋，想跟馬爺懺悔，但沒人聽，沒人理。我越講越心虛，解釋到我再也說不下去，只好哭，越哭越大聲。

我拿出枕頭蒙著臉，哭到沒有力氣。我非常恐慌，彷彿眼前有個黑洞，我就要被吞噬了。

我的心情很糾結，覺得自己可悲至極，好像就要被世界遺棄，因為包括跟我住在同一個屋簷下的家人都不知道。

接下來，我想到馬爺過世後，我到處演講，正義凜然的告訴單親家庭，不要恐懼，勇敢的走出來，我們要正面樂觀，不要自怨自艾，不要覺得已經走上絕路了，雖然在困頓之處仍有美好，我們可以在每個不同處境中找到舒適感，有益於療傷止痛……那些聽眾現在作何感想？我當時還一副要做大家榜樣的單親媽媽，那些台詞應該還深深烙印在觀眾腦海裡。信仰裡的驕傲把我變成一個模範生，我猜當他們知道，一定感到不屑，一定覺得我好噁心喔！

他們曾經讚賞我是個堅強的女人，單親媽媽的好榜樣。他們覺得我跟馬爺的愛情是如此堅定，我讓他們看見愛的真諦。我想像他們指責我：「你不是說單親很好嗎？怎麼跑去談戀愛、結婚了？」但此時此刻，「你在幹嘛，你把你丈夫的愛放在哪裡，你真是丟臉到了極點哪！」我覺得愧對觀眾。想到這兒，就覺得自己是個失敗者。

其實，在馬爺的告別式那天，我就聽到來自親戚的閒言閒語。「她一個女人家這麼年輕帶三個小孩，遲早守不住的。」馬爺的骨灰都還沒入土，這句話，深深刺傷我。

然而，在我被這個男人握住手時，我當下的感覺就是：「唉！被他們料中了。」我自責罪孽深重，如此不堪一擊，就是因為這句話烙印在我心坎裡。更糟的是，我居然將馬爺的死一古腦兒的認為是自己的錯，我真的快瘋了。

我想告訴大家，我沒有你們想像中的堅強，我也不是你們想像中愛情的守護者。

夜深人靜，有幾次我在心裡吶喊：「孩子，這位站在你們面前的是個虛偽的母親，她白天正以另一張面孔，繼續她的生活……」

由於湯哥沒有公開他離婚的事，我又是馬爺的遺孀，所以這一段感情像是不能公開的地下情。但我明明沒有外遇啊！

當我享受愛情，回到家就天人交戰。我愛得越深，愧疚越大……直到我的心終於生病了。

親愛的，我們分手吧！

我記起他有一件黑色的毛線衣放在車上，我就抱著它聞起來。

我對自己說：「我享受這樣的甜蜜就夠了，這樣就可以讓我有一絲一毫短暫的幸福了。」

我感覺很錯亂。

馬爺過世後，社會看到我的堅強，我也多了一個身分——單親媽媽，這身分很難再跟一個離婚的男性結合。我怕別人說我不守婦道，不堪的詞會貼在我身上。我想逃避，不想再過偷偷摸摸的日子了。

我趁湯哥的經紀人幫他安排為期四個月到大陸演戲的機會，向他提出分手。他說：「好吧！親愛的，看你這麼痛苦，我們分手吧！」他一答應，我更痛苦了。

湯哥到大陸工作，我也接了戲。我試著學習不接電話，企圖把這段情感做個了斷。我以為沒聽到他的聲音，沒見到他的人就沒事，但回家一看手機，天啊，他幾乎每隔一小時給一通電話，顯示他找我找得很急。我心想，他這樣，怎麼能安心拍戲呢？

只能聞著他的毛衣

某日，我看到一對年輕的情侶在路邊約會，我就把車子停到旁邊，融入其中，我觀察那對情侶的互動，想像成我和他。唉，沒想到他人去大陸，我心裡仍裝著他。

我記起他有一件黑色的毛線衣放在車上，我就抱著它聞起來。我對自己說：「我享受這樣的甜蜜就夠了，這樣就可以讓我有一絲一毫短暫的幸福了。」

漫長的四個月過去。有一天，我的手機響起，但沒顯示號碼，我這笨蛋就接起來了，「喂……」他說，「你終於接我的電話了……」原來他從大陸回到台灣，用公用電話打來的。

我將近四個多月沒有聽到他的聲音。那一剎那，突然血壓降低，天旋地轉，有點站不住的感覺，電話那端說：「不行，我一定要跟你談一談。有些話，我一定要當面說。再這樣下去，我沒有辦法工作，我甚至沒辦法吃飯，你就當幫我一個忙吧！」我說，「也好，好歹講個清楚。」他跟我約在華山後面靠近市民大道的一個公園，那裡有一大片草地。

我害怕再見面，自己會情不自禁。其實，我很想再看他一眼，卻又覺得不行，於是我刻意早到，自我設一道障礙，向神禱告：「我不會等到跟他約定的時間。如果在這時間看不到他，就表示這層關係是不需要再繼續的，這是祢給我的暗示喔！」

我提早到達他跟我約定的那個位置（因為我們曾經在那個位置約會），沒見到他人，我心裡喊了一聲：「哈利路亞，主啊，謝謝，祢幫我做了一個決定了。」但心裡也的確落寞，「唉，祢終於把我嘴巴的糖果拿走了。」

我們，為什麼不能相愛？

正當我要走時，他正迎面走來。我立馬看了一眼天空，「祢在跟我開玩笑嗎？」我站在原地不動，看著他慢慢走向我。他給的眼神，我永遠都記得，像是沙漠看到了一處綠洲。他的眼睛在說著很多故事。我第一次發現，即使不講話，眼睛也可以表達那麼多的情感。他人在一百公尺處，我怎麼可能把他的眼神看得這麼清楚。我好像已經知道他要說什麼了。

然後，他緊緊的把我抱著，什麼話也沒說，他就哭了。他一哭，我就跟著哭了。周圍人來人往，有人散步，有人跑步，有人遛狗，也有人約會，但我們顧不了旁人，完全沉浸在兩人的世界。

「我從來不知道思念一個人這麼痛苦，我從來不知道找不到一個人這麼痛苦。我現在想告訴你，我不要讓這麼不容易得來的快樂和幸福，就這樣丟了。我不想將來在人生結束以前有遺憾……」

我們緊緊抱著，維持一段很長的沉默。他忍不住說：「我覺得我們兩個很可憐，想愛，卻不敢，怎麼這麼可悲？我們到底躲在一個什麼標準裡呢？更何況，我們在同一個城市，感受到同一個氣候，要我們如何不思念對方？你告訴我？」

我只是拚了命的流淚，就是說不出話。

那天回到家後，我向神禱告：「我今天遇到他了，難道這是一個祢賜予的暗示嗎？」

隔幾天，我接到電視台的電話，「Juby姐，我們要恢復錄影囉，湯哥從大陸回來囉！我們來跟你約企劃會的時間……」我電話放下的那一刻，奇怪，不是沒事了嗎？但我緊張到像是第一次跟男朋友約會的少女的心情。那是一份雀躍，很開心可以看到他的心情，但另一個聲音卻跳出來告訴我。他是長輩，他是同事，圈內的前輩……這兩股聲音同時襲來，而我卻要壓抑那種錯亂。

那一天，在企劃會議上，我所有看到湯哥的眼神都是「閃」過去的。從頭到尾，我沒有正眼瞧他。我的笑聲特別大，刻意笑得燦爛。

工作同仁忍不住說：「Juby姐，你今天很嗨喔！」

我說：「有嗎？我平常不就這麼嗨嗎？」

「不是，你今天特別嗨喔！」

「哎喲，那是因為大家太久沒見面的關係，我很開心啊！我太期待看到你們了啦！」

相對於我的過度熱絡，湯哥反而從頭到尾都很冷靜，沒說幾句話，像是冷眼旁觀看我「表演」。他的表情似乎說著：「演技很拙，但很可愛。」湯哥更看出我是愛他的——由於愛，所以不自在。

兩人勇敢往前跨

這一天的會議就在不尋常的氣氛中結束。步出會議室之前，湯哥趁著我很嗨的情況，在大家面前對著我說：「Juby，等一下，我搭你的車，你送我到捷運站。」我聽到這句話很開心，又不知所措，但要演就演到底，於是，不假思索的回說：「好啊！」

當這「好」一說出口，我馬上在心裡罵：「你這白痴，好什麼啊？你不是要避開他嗎？怎麼好哩？你簡直可笑到極點。」事實上，我出門前想好一百種拒絕他邀約的理由，我居然說好。

一上車，他說：「鑰匙交給我，我來開吧！」我就把鑰匙交給了他。一上車，他就說，從我今天這麼失常的表現，他更加確定我是神賞賜給他的了。

那一剎那，我在心裡說，「是的，我愛上你了，我愛得無可救藥。我需要這份愛。」

他說：「這樣好不好？我們一起面對，先跟自己的家人談，得到家人的支持之後，再來想該如何對外。」至少在當下凌亂的步伐中，做出一個跨前的步驟。

我過了一小關

毛妹說：「你喜歡就答應啊！你開心，我就開心。以後我和弟弟長大了，我們賺錢都可以養活你、照顧你，可是我們唯一不能給你的，就是愛情，只有Elton叔叔可以給你。」

我回去先跟孩子說。由於老三「飽妹」還小，我就跟毛妹和小阿弟講。他們那時大約是小五、小四的年紀。

我選一個即將入睡的夜晚，走到他們的房間晃蕩，跟他們聊天，然後問：「你們記得上一次跟我們一起打保齡球的Elton（湯志偉的英文名字）叔叔吧？媽咪的同事呀，你們覺得他人怎樣？」

他們都記得。毛妹說：「他人很好笑耶……」滔滔不絕的講了一些湯哥的趣聞和糗事。

小阿弟說：「他打保齡球很厲害喔……」形容了一下他的球技。「但是打籃球比較遜。」

他們從外出郊遊的點點滴滴談湯哥。從臉上輕鬆的表情和愉快的語調，我可以感覺兩姊弟對他的印象都不錯。

傾聽孩子們的想法

「媽咪也覺得Elton叔叔人很好。媽咪問你們一件事，因為你們是媽咪最重要的家人，需要你們的同意。如果你們不同意，媽咪就不會做……」姊弟倆聽得一愣一愣的，四隻眼睛直盯著我看，一副似懂非懂的模樣。

我很謹慎的說：「如果媽咪跟Elton叔叔談戀愛。你們可以答應嗎？」

「哈，什麼？」兩姊弟同時發出驚訝聲。毛妹的驚訝聲還又多了一些驚喜，可能女生比較早熟又敏感的關係，馬上明白我說什麼，她說，「Elton叔叔要追求你喔？你們要談戀愛喔？」

我說：「對。」但是，「可以嗎？」

毛妹聽到我有男朋友，高興得哭了。「我知道媽咪也需要一個依靠，因為你是一個需要愛、陪伴、被疼的人，而且他對我們也很好。」

小阿弟顯然聽不太懂，但他卻直指核心，「你們會結婚喔？」

我馬上否認：「沒有沒有，不是不是，是要先談戀愛才能結婚。如果談戀愛失敗，就不會結婚。」

我進一步說：「其實Elton叔叔跟寶貝龍的媽咪已經離婚兩年多了。他是單身，跟媽咪一樣是單身。」

小阿弟不知何故改站在馬爺那邊，「媽，如果阿拔知道你跟Elton叔叔談戀愛，應該會有點難過吧！」

我說：「可能喔，唉，該怎麼辦呢？」

毛妹接話說：「可是呀，如果爸爸知道沒有人陪你、照顧你，他也會難過！」

我也說：「對，所以媽咪才需要問你們呀，你們ＯＫ，我才ＯＫ。」

我珍貴的寶貝盒

這時毛妹突然問：「媽咪，你心裡還愛阿拔嗎？」她這句話對湯哥絲毫沒有敵意。

「我當然愛啊！」

她這樣問只是想確認，阿拔在我心裡是否還有位置，那個位置會不會因為湯哥而有所變化。

我繼續說：「你放心，阿拔在我心裡的位置沒有任何人取代得了，不僅沒有人可以代替，而且那個位置很特別，重要到只有我跟阿拔擁有你們。你們是他留下來愛的證明，你們一天到晚在我眼前晃來晃去，我怎麼可能忘了阿拔？」

我繼續解釋。我把阿拔放在我心裡很深的抽屜，那個抽屜像我的寶貝盒。「你們也都有寶貝盒，對吧？你上了高中、大學，會不會把寶貝盒丟掉？」毛妹說，「不會。」等你長大，打開心愛的寶貝盒，你會發現裡面有好多好棒的回憶。

我說：「阿拔就在媽咪那個最珍貴的寶貝盒裡。不管我多老，過了多久，我隨時都會把寶貝盒拿出來看一看。那是我最重要的一個回憶，絕對不可能被遺忘。」

我用「寶貝盒」幫助毛妹理解我對馬爺的感情，這下她完全懂了。

抱著孩子，一起哭

我趁機談了一下我跟湯哥的感情。「像你跟小阿弟慢慢長大，當你們希望有一個像爸爸那樣的角色時，」我岔開話題提小阿弟，「男生可能有男生會遇到的問題，可能不是媽咪能夠解答的，Elton叔叔就可以代替爸爸的角色協助你啦！」

我說：「只是世上多一個愛你們的人，何樂而不為？」

毛妹面露笑容的問：「媽咪，你喜歡他嗎？」

我說：「我們都喜歡對方。」

毛妹說：「你喜歡就答應啊！你開心，我就開心。我們和阿拔都一樣，也希望你快樂，你開心。以後我和弟弟長大了，我們賺錢都可以養活你、照顧你，可是我們唯一不能給你的，就是愛情，只有Elton叔叔可以給你。」

我聽了好驚喜，這麼小的孩子竟然這樣對大人說。

我很快的就通過她這一關。小阿弟對愛情懵懵懂懂，但他看姊姊答應，也跟著說：「好啊！」

我得到孩子的支持非常感動，抱著他們一起哭。「謝謝你們的祝福。」

為了讓孩子瞭解湯哥，我安排了一些戶外活動，讓他們跟湯哥父子多一些互動。

我的孩子很少看電視，不認識湯哥。毛妹對他的第一印象是「安靜、內向」，她覺得怎麼是一個跟阿拔完全不一樣的人。馬爺活潑、幽默，跟誰在一起就跟誰好，他可以跟每個人都相處得很愉快，頗有「大哥」風範。連寶貝龍也顯得很害羞，毛妹擔心他們很難相處。不過，見面幾次後，雙方熟了，湯哥父子的話也變多了。

年輕人的支持雖然重要，但比不上親媽媽。

我媽只在電視上看過湯哥，沒看過他本人。「他看起來不錯！」對，他的確很好，「我下一次介紹給你認識，讓你們見面。」

她心疼我年輕守寡，還要帶三個孩子很辛苦，私心的希望我有伴。平日，她竭盡所能的幫我照顧三個孩子。我是獨生女，平日住在一起。我看得出她對我的不捨跟擔憂，所以，當我說有結婚對象時，她很開心。

就這樣，我們一家子同意了這件事情。

然後我偷偷的告訴湯哥：「我已經過了一小關了。」

前妻的來電

與此同時，她前妻也發現我的存在。因為電話帳單費用突然增加，她心生疑慮，調出資料，發現都打到我這支手機。她猜到湯哥跟我的互動頻繁，直接問，「Juby的電話幾號？」比對之下，確認是我。

有一天，我接到他前妻的來電。我很驚訝，她劈頭就問：「你知道我跟湯志偉目前的婚姻狀況嗎？」

我說：「我知道。湯哥都坦白告訴我了。但你不要誤會，我不是要破壞你們的關係。我原本是希望你們的家可以圓滿和樂，後來日子久了，我們才交往。」

她說：「沒錯，事實上，我們是離婚了。但是，我們離婚的消息沒有公開，有一天，可能會風聲走漏，媒體是『嗜血』的……」

我不斷強調：「我不是刻意介入你們婚姻的那種人。我是知道你們離婚才開始的……」

她說：「好，我知道了。」

這通電話講得很短。簡單的說，她對我提出「提醒」，我則捍衛自己的清白。

醜媳婦要見婆婆了

我膽怯的偷看她一眼，湯媽媽的表情，除了沉重、驚訝、忐忑、不安之外，還有憤怒。那是非常複雜的心境所呈現的模樣，尤其多了我這個角色。

某日，在電視台開完例行會議後，湯哥說：「待會兒，我帶你去一個地方。」我剛帶孩子去上海看世博回來，幾天沒見，想當然耳是約會囉！我開心的坐上車，車子開到茶館。我剛坐定，他便按住我的肩膀說：「你先等一下，我去接我媽過來。」

「你……你在講什麼？」我嚇得心臟差一點從嘴巴吐出來，「你瘋了嗎？你要接你媽過來？這麼重要的事情，怎麼沒事先跟我說呢？」

「我覺得有必要當著我媽的面，一次把事情講清楚。」

「但是，我完全沒有心理準備啊！」

「別怕，我們一起面對！」我坐立難安，一顆心怦怦怦的狂跳。現在真的是醜媳婦要見婆婆了。

暴風雨前的寧靜

其實，我認識湯媽媽，我們一起參加教會的活動。印象中，曾去醫院探望病友，為他們禱告。

湯媽媽非常喜歡我，誇我是個有愛心的人，但她認識的是團體活動中的我，至於私下，我只是她兒子的同事、馬爺的遺孀，如此而已。

我獨自坐在茶館，惴惴不安。心裡揣摩著，她等一下要怎麼承受媳婦離婚，兒子跟我交往的雙重打擊。這個「驚嚇指數」對她絕對破表。但若我們往「結婚」之路邁進，我跟湯媽媽勢必要見面，這是遲早的事。

沒多久，湯哥和湯媽媽一起進來。我抬頭看她進門時，一臉凝重。猜想在那短短的幾分鐘路上，湯哥已經跟她說自己的婚姻狀況了，因為之前聽聞好幾次她參加教會活動，都沒有見到兒子和媳婦一起出席的事。

但湯媽媽顯然不知道我在場。她一看到我，嚇一大跳，臉上充滿疑惑。她心裡一定想，再怎樣都是講湯哥家的事。

「你怎麼會在這兒？」她大概感覺大事不妙了。

我膽怯的偷看她一眼，湯媽媽的表情，除了沉重、驚訝、忐忑、不安之外，還有憤怒。那是非常複雜的心境所呈現的模樣，尤其多了我這個角色。

湯哥為湯媽媽拉出椅子，「你先坐著，我會好好跟你解釋。」

這時的我，像犯錯的孩子，頭始終低低的，手腳發麻。她老人家看我一直低頭，更加確認這是一場暴風雨來臨之前的寧靜。

低頭，頻頻道歉

我心裡禱告：「主啊，請保護湯媽媽的身子，不要讓老人家受到太多的驚嚇啊！」

湯哥一坐下就開門見山，侃侃而談他跟前妻的事。他說，幾年前，他們就有問題，但為了延續一個家的完整，還有怕影響工作，選擇沒說。而且，離婚這麼不風光的事，不知道該怎麼公開。當然也怕長輩擔心，所以一直辛苦的過著糾纏的日子。

「讓我重新站起來的是Juby，她把我再度帶回信仰的路上，陪伴著我，給我很大的勇氣。鼓勵我不要再遮遮掩掩，因為越躲藏，心裡越不快樂。這幾年，我幾乎都是戴著面具跟別人說話，說到每一句關於太太的都是謊言。我現在告訴你，我已經離婚兩年多。另外一件事，最近我跟Juby決定要交往……」

我感覺湯媽媽的心一點一滴的往下沉。聽完兒子的一番告白，猛搖頭，大嘆：「不可思議。」完全不能接受這個事實。

《聖經》的教導的確不能離婚，不過她是職業婦女，明白現在夫妻在婚姻上遇到的問題，但她也不希望兒子陷入痛苦。只是很難想像已經走到這一步，這對她是晴天霹靂。現場陷入一片沉寂。

我明白此時自己的「位置」，一直謹受分際，不敢多說話，但無論如何，我有責任向長輩道歉。

「湯媽媽，對不起，一切都是我的錯。我不應該讓您這樣擔心。」我低著頭，一直道歉。

湯媽媽深深的嘆了一口氣，「唉！」那一聲長嘆，讓我覺得對她老人家很虧欠。

你扛得起嗎？

湯媽媽在教會很活躍，很多人誇她教子有方。孩子雖然在複雜的演藝圈，但不會隨波逐流，表現得好，沒有緋聞。

我猜湯媽媽心裡是這樣想：「兒子，就算你真的離婚了，但為什麼是馬兆駿的遺孀？馬兆駿是圈內赫赫有名的音樂人，大家會追查你們的動態。這事情傳出去，一定落人口實，況且她還帶著三個孩子……他的『名聲』，她的『條件』，你扛得起嗎？」

我易地而處，如果自己兒子要面對這些流言蜚語，我也心疼。從她臉部表情知道她不贊成。

湯媽媽經過一陣沉默，終於開口了，面向兒子說：「你，你，你……真的錯得太離譜了。你怎麼可以到現在，才讓媽媽知道離婚的事。」

「唉！」她長吁短嘆，頻頻搖頭。「對，是該坦白，但坦白離婚之後，你們接下來做的這個決定，是對的嗎？是可以的嗎？」

我無地自容，頭垂得更低了。

「如果這件事爆開，在教會、在社會上，你們要背負何等的責難？你們都沒有考慮清楚嗎？你們做事情，怎麼這樣不顧前顧後的？」她很生氣又很無奈，唉聲連連。

我聽得出她責備的語氣也有心疼。「我非常害怕你們兩個接下來要面對的流言蜚語。那些傷害絕對比你們想像的更大，大到不知道多少倍。你們再看看要怎樣，唉！我年紀大了，不知道該怎麼說你們。」

不過，由於我們都是教友，她曾在大家面前誇我，「你真的好棒。」「你一肩擔起一個家，還出來跟這麼多人分享單親故事，真了不起。」對我讚譽有加。

這時，我主動開啟了「教友相處」的模式。心底深處有一種盼望，但願看在這一點情分上，「你可以接受我。」想到這兒，雖然忐忑，又覺得心安。

三個人在茶館度過難熬悽慘的時刻。末了，湯哥送他媽媽回家，我一個人回去。離開時，我們的表情都非常凝重。

坦白後的坦蕩

湯哥是個孝順的兒子，為了讓湯媽媽對我有多一點的認識，偶爾，會安排我們一起吃飯。

在湯哥不在，只有我們兩個女人的場合，她會關心我的近況，問我有沒有來自婆家的壓力。從她的問話，我知道她很擔憂。她覺得我們的狀況是危險的，也害怕我們在教會被排擠。

雖然這些表面上的談話看似關心，但隱藏著深層的矛盾。其實，她知道我是一個好姊妹。她推崇我、讚美我，但當這好姊妹要成為她媳婦時，她開始憂慮了——我看到一個母親的糾纏和矛盾。

在與她短短的獨處時間，迴盪在我們周圍的似乎是解不開的結。湯哥從遠遠的地方走過來，我們要結束對談了。

最後她下了一個結論，也許上帝都有安排。「把這一切放在禱告裡吧！」當她說順著神的旨意之後，人就顯得輕鬆多了。

跟湯媽媽坦白後，這份感情起碼能放心、坦蕩的繼續往前走。

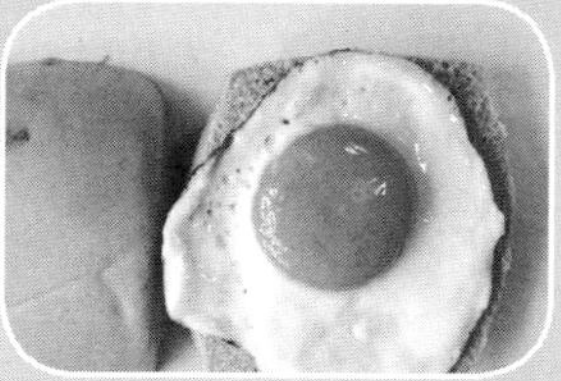

第四篇

戀情曝光

爆開了

他們以激烈不實的言論，對我的人生不斷發射攻擊，我聽到心都碎了。

有一天，我們開著車帶孩子們到苗栗玩，車上洋溢著歡樂的氣氛。剛下車沒多久，我的手機就響了，是報社記者打來的。

對方先是禮貌性的寒暄，然後問：「Juby姊，你跟湯哥是同事嗎？」

「對對，我們是同事。」但心裡覺得不妙，怎麼打來問這個。

「你知道湯哥離婚了嗎？」我機警的回答：「湯哥有沒有離婚，你應該去問他吧！我們是同事，私領域的事我不方便說。」

「可是，Juby姊，我們接到一個圈內人的爆料，說湯哥是因為你而離婚的耶！」

我感到不悅，「我跟他了不起就是一起主持節目。有關湯哥的事，你應該向他求證，畢竟我不是當事人。」

這名記者窮追不捨，「那麼，你對人家說你是小三，有什麼看法？」

我聽了非常生氣，努力壓抑胸中怒火，低聲回：「我不是，沒有看法。」

「好好，謝謝你。」

經紀人高八度吼叫

掛下電話後，我跟湯哥使個眼色，「糟糕，怎麼會這樣！」正當我們思考如何應對之際，湯哥的手機也響了。

我只聽他說：「我目前在工作，不予置評。」我們出遊的興致被這兩通電話徹底澆熄。心想：「這下真的慘了！」

我第一時間不知道該怎麼跟偉忠哥說（我是他旗下的藝人，他完全不知情），只好緊急聯絡經紀人，大致說明概況。「我現在人在外面，麻煩你先幫我擋一下，但我不是小三。」

我的經紀人非常驚訝，「所以……這件事是真的囉？」

「對——」

「Juby姐——」經紀人高八度吼叫，「我被你嚇昏了我……」顯然他也覺得很棘手。

我和湯哥想著該用什麼方法避開媒體，心情極度不安。腦海裡反覆思索著下一步：我們要如何保護家人，畢竟小孩還在上學，而長輩們也得面對親朋好友，甚至我要怎麼跟馬家解釋。

我們悻悻然地回到台北。當晚，我決定先跟孩子們說：「明天，媽媽談戀愛的事會被公布出來，不過你們不要害怕，Elton叔叔已經離婚了，媽媽不是小三。不過記者不知道這件事，所以會先誤會媽媽……」

他們要我趕快去解釋，「你去講啊！說你不是！」

我說：「媽媽會講，但必須找適當的時間。總之，明天新聞出來，你們不要受影響，好好在學校念書喔！」

果不其然，隔天報紙以斗大的標題寫著，〈湯志偉已離婚，馬兆駿遺孀Juby是小三〉，當然非得下這樣聳動的標題才夠看。

排山倒海的批判

我細看內容，報導上的每個字都帶刺，刺向我最脆弱的地方。接著電子媒體跟進，大量傳播這項不實消息，隨之而來的風暴，可想而知。

我們一夕爆紅，手機響個不停，一大堆訪問等著我們。經紀公司下令：「禁止所有的通告，不准發言。」偉忠哥想把問題丟給男方的經紀公司處理，用意是保護我。即使我有話要說，我很委屈，他都制止。「ㄚ頭，聽話，讓它過去。」

我聽話了，希望沉默可以淡化新聞的發展。然而，情況並非如此。

媒體是不受控制的。記者們每天窮追猛打，超出我們的預期，更因為很多談話性節目找不到男女主角，便憑空揑造。為了讓故事更加精彩，更具可看性，劇情多了很多來自四面八方的「聽說」、「據聞」、「就Juby的友人說……」「湯志偉的友人說……」「湯志偉前妻的友人說……」全都繪聲繪影，講的也不是事實，卻可以說得天花亂墜，誤會就像滾雪球般越滾越大。

更甚者，談話性節目開闢專題，娛樂圈的記者也登場。開場白還發揮創意，製作圖表呢！圖表欄裡洋洋灑灑的記載哪一段時間，哪些藝人介入誰家的婚姻當了「小三」，大家比一比。

「這一次最聳動的是一個『乖寶寶』，一個『黑寡婦』，幾乎與緋聞絕緣，後者自是新女性的表率、單親媽媽的楷模，不僅走出喪夫之痛，還獨自扛起撫養三個孩子的重責大任；現在兩人居然在一起……」你一言我一語，用詞一個比一個毒辣。因為這種結合與一般閱聽人的印象相差太大，可看性高，記者怎麼可能善罷甘休？

無法外出的我，呆坐在電視機前，聽他們精闢的「演說」。心想：「天啊！是在講我們嗎？」他們以激烈不實的言論，對我的人生不斷發射攻擊，我聽到心都碎了。而實際上，那些名嘴（不知道從哪裡冒出來的），我都不認識。「你們講的這些故事是怎麼編出來的？已經把我塑造成八點檔的女主角了。」

關掉電視，我發現自己受傷了。媒體的批判無邊無際，我要從何說起？我講也不是，不講也不是，沉默也不是……

離「死亡」好近

更恐怖的是網路留言，由於不需掛名，排山倒海而來的都是辱罵。

原本我有很多來自教會的生命分享，一時之間紛紛消失，「喔，不用了。」「對不起，我們臨時換了主題，」「最近她的身分敏感……」我成了人人喊打的過街老鼠。

那些負面而殘忍的批評，我無力回應，但我是虔誠的基督徒。我跟馬爺的婚姻因宗教而挽回，他們質疑我的信仰，讓我忍不住跳出來捍衛。

我找到機會，跟一名記者說：「我・不・是・小・三。」一字一字說得非常堅定，清清楚楚。

我不知道自己還有沒有力氣再爬起來。我好不容易在演藝圈的工作趨於穩定，現在發生這種事，我該怎麼辦？

突然間，我們不敢見人，只能用電話互吐心聲。兩個禮拜，我們猜想，應該遠離風暴圈了，外界批判的火候也變小，兩人選在週間下午茶時間，約出來見面。

我們戴著口罩，鴨舌帽壓得低低的。一進餐廳，湯哥匿名為「陳先生」。服務生客氣的說，「陳先生，這邊，請跟我來！」帶位的服務員領著我們進去。

餐廳原本一片吵雜，但我們所經之處，霎時像導演拍攝電影運用的慢動作手法，突然的安靜下來，靜悄悄的。

餐廳裡的客人捨棄正常的說話語調，改用氣音，竊竊私語的說：「是他們耶！」「Juby啊，就是她。」現場的氣氛即刻改變，非常明顯。

我心想：「完了，糟了，又給人認出來了。」甚至我們坐定位後，有人不知道我們正確的位置，連背對著我們的客人都轉過身，伸長脖子，半起身，四處搜尋，引頸企盼，我才知道國內媒體的傳播力量多麼驚人！

但既然已經出來，還是吃吧！然而，那一頓飯我們一句話都沒說，只是低著頭吃飯。

唉，這段期間，我得用眼角餘光去判斷別人投射出來的眼神。我感覺有無數側目的眼睛在我身上打量，我能從這些眼神，解讀他們心中的ＯＳ，「喔，就是她啊……」窸窸窣窣的聲音。

當然，也有人給我善意的微笑，或者說「加油！」但畢竟祝福是少數。我的生活遇到了前所未見的障礙。

我只能說，我離「死亡」好近。

一封陌生女子的來信

我靜下心慢慢的思考，當大家批評我們時，除了短暫的痛苦之外，我有沒有其他的感受？難道背後沒有隱藏什麼意涵嗎？如果我勇敢的邁出步伐，會得到什麼呢？

「我不是小三。」雖然在新聞浪頭上，我這麼說，沒人理我，我也無力辯駁。

我知道愛不是占有，愛情也有遊戲規則，得在「合法」的條件下進行。如果我欣賞的人有家庭，我只會在心裡欣賞，僅止於此，因為第三者不管花費多少心力，都會傷害別人。

我不會跨越那條隱形的法律界線。然而，一旦「小三」的標籤貼上來，我怎麼也撕不下來。

毛妹看我在家很難過，不忍心，也很生氣。反問：「你談戀愛，有什麼錯嗎？他們為什麼要亂說？」

就連我視如親弟弟的小炳也來安慰我。「任何事情，有人反對，一定也有人贊成，但是快樂才是你的選擇，更何況那些反對及辱罵你的人，他們沒有權力和資格決定你的幸福。姊，你們的愛好不容易走到今天，要好好把握。」

毛妹仍不斷為我加油打氣。「媽咪，你別害怕，我和弟弟都站在你這邊，我們會保護你。」毛妹和小阿弟的支持，讓我有一絲氣息和勇氣努力撐著。

孫叔叔的溫暖擁抱

我和湯哥悶了好久好久了。有一天，孫叔叔打電話來，「你們兩個年輕人，這一陣子辛苦了，到我家裡坐坐吧！咱們聊聊。」

那是一通溫暖的邀約。我們一路挨打，想說有人送暖，就過去取暖了。

車子停妥，我們照樣戴上鴨舌帽、口罩、眼鏡。走在紅磚道上，陽光灑滿全身，戶外天氣是這麼好，為什麼我們的心情這麼糟？

從停車場走到孫叔叔家的路上，還是有人對我們行注目禮，但突然的，湯哥這山東脾氣發作了，他停下腳步。「幹嘛把自己弄成這樣？」索性脫掉帽子，拆下口罩，拿下眼鏡，同時卸下我身上所有的偽裝。

「好了好了，不要再戴了，我們有做什麼虧心事嗎？把自己當小偷一樣，不必了。」他大動作的把這些掩飾「工具」通通丟進我的包包，牽著我的手，把我握得緊緊的，「走！」

湯哥脫掉面具的動作，彷彿一個宣告。他的勇敢增強我的白信，我們不再畏懼別人異樣的眼光。兩人抬頭挺胸，大大方方地走到孫家。

一進門，孫叔叔夫婦給我們深深的擁抱。「你們兩個最近真的辛苦了！」他們拍拍我們的臂膀，好像要好好的疼惜我們受的委屈。

坐在這溫暖的客廳，孫叔叔有感而發。「唉，這社會就是這樣，做了這麼多的好事，不見得人家記著，但就這麼一件，大家記得一清二楚。唉！倘若這是神的旨意，何嘗不是藉這個祝福，將你們的愛情攤在陽光下呢？你們今天的身分都是可以接受這個祝福的，你們就接受吧！順順利利的走下去，坦蕩無懼。」

「坦蕩無懼」四個字從一位令人敬重的長輩口中說出來，我格外感動。這句話不斷在我心裡迴盪。

離開孫家，湯哥說：「我不再放手。如果是真愛，不是要禁得起考驗嗎？這不僅是熬煉，還是火煉。我們好不容易走到這裡，我決定繼續走下去。」我們把祝福的聲音留下來，把惡毒的話，當作未來珍惜對方經營好新家庭的動力。

這段期間，有很多圈內好友伸出援手。庹宗華就從大陸打電話來關切。「報紙寫的是真的嗎？」他在螢幕上看起來像漢子，但也有柔情的一面。馬爺走時，他難過得躲在家裡足不出戶，對我的關心沒有減少。

「是真的，哥。」我的聲音壓得很低。

果然不出所料，他開始劈里啪啦罵了一頓，不過不是罵我，是罵媒體。「什麼東西啊？是想弄死人，是不是？一個喪偶，一個離婚，這到底犯了哪一條法律？被人家說成這樣？」

我頓時放下心中的一顆大石頭，「原來他是站在我這邊的。」

反覆閱讀的一封信

就在外界對我們的撻伐沒有停歇之際，我的臉書私訊躺著一封信。

「Juby：我不認識你，但我在禱告時，有了些許的平安，想跟你分享。我相信你在這段期間，一定非常痛苦。但你何不換個角度想，上帝要把兩個不圓滿的家庭，藉這個機會，讓你們成為幸福的家庭呢？你們都是公眾人物，有這個機會，以自己親身的經驗去鼓舞更多的單親家庭（或破碎家庭）勇敢追愛，何不大方的把你們的見證公諸於世？我相信你們是被上帝揀選出來的樣本。那麼，這過程受一點傷，算得了什麼？不要讓這份愛白白受苦，不要讓這份痛苦白白的挨了。去祝福跟你們有相同經歷的家庭吧！」

我收到這封陌生姊妹的來信，非常驚喜，反覆閱讀。心想，這應該不只是我和湯哥兩人的遭遇，而是社會上無數家庭的遭遇。他們可能因道德或親朋好友的壓力而舉棋不定，不敢跨出幸福的腳步。如果有朝一日，我們結婚，我絕對會把我們的故事跟更多的人分享。

難過是一時的，但幸福是一輩子的。我要告訴他們：「不要因為一時的害怕，而放棄終身的幸福。」我要鼓勵他們樂觀的迎接第二春。

這封陌生的信件，讓我們的心情有很大的翻轉。

用愛的回憶，撫慰受傷的心

我靜下心慢慢的思考，當大家批評我們時，除了短暫的痛苦之外，我有沒有其他的感受？難道背後沒有隱藏什麼意涵嗎？一般人遇到我這種處境，可能不敢再跨出去，但如果我勇敢的邁出步伐，會得到什麼呢？

我開始從生命裡搜尋一些愛的畫面、愛的感動，哪怕是小小的溫暖，我都收集起來。這時，過去我經歷幸運的回憶都及時跑出來，安慰我受傷的心靈。我把它拿出來，成為提供我勇氣和力量的養分。

我安撫妥這些傷痕，否則下一個傷害過來，舊傷尚未撫平，會加倍疼痛。我讓每一道傷痕都有適當的答案，讓這些傷痕對我是有幫助的。

那封陌生姊妹的來信，讓我重新拾回被愛的回憶。我擁抱這封信，回味被愛的情景，甚至我一時找不到這些好的記憶和愛時，會忍不住低頭，看看腳上穿的那雙鞋，它陪我踏過多少崎嶇，「嗨，我仍跟你在一起喔！」連這個聲音都會跑出來。慢慢的，那些傷害就被比下去了。

此後，環境不變、面臨的問題不變，唯一變的是我們的勇氣。

我向自己喊話：「我沒有犯法，我要排除萬難，昂首闊步的走到終點。」

小姑用愛翻轉局面

我跟小芬除了姑嫂關係，也是知心好友。我相信她能明白我的心情。不過，她坦言，「這種事，家人多少會有某種程度的不諒解。」

我要克服的第一步，是取得「馬家人」的諒解。他們在媒體曝光之前完全不知情，媒體曝光之後，不可能不知道了。

馬家在這件事保持緘默，沒有人打電話想瞭解，我寧願他們打來質問我，或罵我，但都沒有。他們的沉默讓我更加不安，甚至惶恐。我感覺自己是被放棄、被切割的一員。

意外的插曲

於是，我主動跟小姑馬毓芬聯繫。自從馬爺過世後，我最常聯絡的馬家人就是她。她一向對我非常友善，我覺得我有義務，讓她知道。

我說：「小芬，我們可以見個面嗎？我想跟你談一談我跟湯志偉的事情。」小芬很爽快的答應。

我到她家，把事情的來龍去脈解釋給她聽。她的反應出乎我意料之外。小芬岔題說了一件我完全不曉得的事。「怎麼這麼巧？我跟湯志偉小時候還曾經是百貨公司為服飾品牌走秀的『童星』耶！」她這一說，我「啊！」的一聲，「真的嗎？好巧。」

她說，五〇年代有名的百貨公司開張，開幕典禮有個活動，為了吸引客戶，特地安排童星「走秀」。湯志偉本來就是童星，而女生的人選就找到她。「天啊，你跟他有這種緣分！」「是啊！」這個意外插曲，讓我跟她談湯哥的事件，頓時變得輕鬆許多。

小芬是圈內人，她理解媒體嗜血的生態。「我沒有因為我的愛情，想傷害馬家人。湯志偉的事情是乾乾淨淨的，在法律上沒有任何的愧對，但就時間點沒交代清楚，讓馬家受委屈、受牽連，我很對不起……」

超乎想像的體貼和包容

同時我讓她知道，我會用力保護孩子，目前為止，沒有讓孩子有不好的感受和影響。「還有，我得到孩子的支持和允許，我是在孩子同意的情況下和湯志偉交往的。」我說，「你對我而言，代表的是三哥（馬爺），我真的非常需要你的支持……」

我跟小芬除了姑嫂關係，也是知心好友。我相信她能明白我的心情。不過，她坦言：「這種事，家人多少會有某種程度的不諒解。」

我理解的說：「第一個不舒服的應該是媽媽，其次是哥哥們，我沒有勇氣，也不知道怎麼開這個口……」她輕拍我的肩說：「事情會過去，不會有太大的問題。」

其實，小芬可以捍衛馬家人的立場，對我提出譴責，但她沒有。她傾聽我的訴說，頻頻點頭，表示理解，超乎我想像的體貼和包容。

「我真的不太知道你跟孩子的日子，我們無法完全負擔這一塊。但是，如果三哥知道，他會希望你開心。當然，我也希望哥哥的孩子們都要開心。如果你能得到再一次的幸福，那是最好的了。」

我聽了很感動，在那當下，真的好感激小芬，因為她的支持比任何人都重要，是我跟湯哥可以坦然走下去最重要的關鍵。

我非常高興，馬上跟孩子說：「姑姑知道了。姑姑支持我們，我們可以安心的享受這樣的快樂了。」

安排「一家人」碰面

接著，我安排小芬跟湯哥見面，試圖藉見面的場合，讓小芬明白湯哥是一個怎樣的人，好讓她放心孩子們跟他的相處。

那一次的見面有我跟三個小孩，湯哥和他的兒子寶貝龍，我們一群人的出現，顯示已經是「一家人」了。

不過，湯哥雖然是資深演員，但一般社交活動，長期以來都透過經紀人處理，除非熟識的人，否則不容易掏心掏肺說感性的話。

他在小芬面前話不多，也不會刻意對孩子好，甚至餐桌上該教的餐桌禮儀，照樣教。例如，他對飽妹說：「吃飯時，手要扶著碗。」「筷子先放下，再拿湯匙喔！」

那次會面後，小芬跟孩子們的互動更加頻繁。她一向視我的三個孩子如己出，只要有空，就會約他們聚餐，現在還多加了寶貝龍。過年給孩子紅包，也會給他一個，這表示她已經將寶貝龍視為姪子了。

不過，回到現實面，她可能看出一個家養四個孩子，真的不容易。曾體貼的跟我說：「如果有需要，要跟我說喔！」

雖然我們也算雙薪家庭，但我的確擔憂過收入不穩的問題。不過，很慶幸小芬給了我經濟支援。她說：「這是我應該要做的。三哥走了，我又沒小孩，理所當然可以跟你分擔，一起照顧他們……」我聽了非常感動。

除了經濟上的幫助，她也關心孩子們。姑姑的愛對孩子們而言，像對阿拔一樣的熟悉。

小芬用愛將整個局面翻轉。原本，我跟她的關係有可能以用「恨」為彼此相處的模式，她卻用「愛」回報。

小芬的愛讓這個家變偉大，我的第二春，不只是我跟湯家的事，也因為她跟馬家有了連結，小芬以她的度量，讓整個事情變得圓滿了。我感謝她在我遇到第二春之後，仍能愛我們，甚至愛湯哥。我好幸運，有一個這麼體貼的小姑。

向兩位婆婆賠罪

在結束通話之前，婆婆加了一句：「你看，你公公這麼年輕就走了，我還不是守寡到現在……」我聽了好沉重。

當我很高興的跟我媽說過了小姑這一關時，她接著問：「你婆婆知道嗎？」氣氛突然凝結了。她臉上布滿憂慮，我何嘗不是。這是我心裡最大的難關。

她說：「你一定要說，好好的說。我不希望別人誤會我們。兆駿的媽媽，是你永遠的婆婆。一定要尊重她。」

對於要跟婆婆報告再婚一事，我很糾結，心態軟弱無力，因為不知道該怎麼表達我跟湯哥的感情，尤其她是看報才知道，想當然耳，對我無法理解。

我該怎麼啟齒呢？她會憤怒嗎？我擔心婆婆的責備，甚至擔心她說我剋夫，因為過去的相處，她曾談論算命、八字之類的，對這方面的事很敏感。但我終究要向她說明。我在心裡練習了好幾千遍要說的話，心情千迴百轉。終於，鼓足勇氣。

一通忐忑不安的電話

電話通了，我先向婆婆請安，接著說：「媽，對不起，這段時間，我都沒打電話來關心您……我可能會再婚，要跟湯志偉結婚……因為……我也很謝謝他願意跟我共同撫養這三個孩子，他對我們都很照顧……媽，您放心，這三個孩子是我永遠的責任……您是我永遠的媽媽，希望您可以體諒。」

我自顧自的說，說得斷斷續續，吞吞吐吐，聲音一直顫抖，整通電話都籠罩在低氣壓中。

我婆婆聽完後，很不以為然。「我看報紙了，報紙對『那個男人』評價都不好，你為什麼要嫁給這樣的男人?那個男人對他的前妻不好，連報紙都說他是『負心漢』。你要小心哪！」

湯哥是「負心漢」這件事是媒體錯誤的報導。內容說他的前妻家世顯赫，湯哥高攀人家，在老婆懷孕期間去英國念書、修學位，用的是老婆娘家的錢，是個忘恩負義的男人……但他前妻自從嫁給他後，就一直是家庭主婦，都沒有出去工作；而他去英國念書是李安幫他寫的推薦函，領的是獎學金。出國經費除了自己的積蓄外，還包括教會一位長輩的贊助，不如外界所說。

「媽，他不是像報紙寫的那樣。報紙寫的是誤會，因為報紙要這樣寫，才有人看嘛！他說他願意跟我一起承擔，這一點，我非常確定，因為確定了，我才會跟他在一起啊！」

對婆婆的承諾

其實，媒體誤報時，他也大受委屈。從一個好丈夫頓時變成了負心漢，形象被扭曲，心情受到嚴重的影響，很多訊息不對，也離譜，他很生氣，很憤怒，但該出來說話嗎？況且，即使說了實情，並不會扭轉頹勢，記者仍寫他們想寫的，而我們不想再讓家人受到傷害，所以隱忍不說。

沒想到，婆婆看到媒體白紙黑字，誤以為湯哥有問題，我只好趁機替他平反。可是老人家一旦認定最早的資訊，硬要她改觀有點難，所以婆婆對湯哥的很多批評，我一時之間很難完全解釋清楚。

「反正你的事，我也沒辦法管。我只是勸你眼睛要張大，不要認識這樣的壞男人，一旦跟錯人，連孩子都要受苦……」

「媽，我知道，孩子永遠是我一輩子的責任，請放心。我一向都是以孩子為重，這件事，我也得到孩子的答應和祝福了。」

「我不知道啦，你自己就看著辦吧！」

就在結束通話之前，婆婆加了一句：「你看，你公公這麼年輕就走了，我還不是守寡到現在……」我聽了好沉重。

「媽，對不起，這一點讓我很羞愧。我沒做得像您這麼好，但我會想辦法做個好媽媽。」

掛斷電話，我著實鬆了一口氣。心想，日子久了，當婆婆看到孩子好好的長大，應該就不會那麼生氣了吧！

教會弟兄姊妹的包容

我陸續尋求孩子、媽媽、小姑、婆婆的體諒之後，下一個問題，是跟未來婆婆的相處了。

我知道這件事，湯媽媽心裡並不好過。她是資深教友，有很多社交圈。事發後，她心情沉重，覺得我們有辱家門，丟盡湯家的臉。

湯哥轉述說：「媽媽覺得羞死人了，不知道該怎麼做人……」所以那段日子，不僅我們躲起來，連湯媽媽也躲起來了。

我們順勢辭去電視台的主持工作，離開原來的教會。湯媽媽說：「不管如何，我們對信仰的學習和態度不能中斷，畢竟信仰幫助我們的人生和家庭太多太多了……」於是她陪著我們在黃國倫牧師的協助下，一起轉到一〇一教會。

其實原來的教會並沒有排擠我們，只是我們不知道該如何面對他們的眼光和疑惑，不知道要對多少人說明這一切，即便我們有充足的理由。

我們一進去新教會，大家心照不宣，因為都知道我們是誰了。黃國倫牧師開玩笑的說：「教會不是聖人很多的地方，而是罪人很多。自認有罪的才會來到教會。既然大家都有罪，憑什麼互相指責呢？難道小偷要指責強盜嗎？那我這牧師自然是罪魁禍首了。」

全場會心一笑。接著，有人過來安慰我們，說自己更糟糕。「你們還是小兒科哩，只要有勇氣，一定可以度過難關，別怕。」「這不是你們的錯……」我們第一天在新教會就感受到弟兄姊妹的包容。

與未來婆婆，逐漸加溫

不過，這麼一來，我每個禮拜一定會遇到湯媽媽。以這種關係在教會互動，我們彼此都很尷尬。

例如，一早到教會，弟兄姊妹都會互相擁抱。我雖說：「湯媽媽好！」但身體始終無法貼在一起，只敢碰到肩膀，維持一手掌的距離，眼神也不敢直視對方，但又不得不噓寒問暖一番，連問候都結結巴巴。「湯媽媽，平安——平——安——」其實，心裡很不平安。

湯哥也尷尬，他夾在中間，得面對兩個心愛的女人。我猜他比較想跟我有多一點的互動，但又得顧慮到媽媽的感受，所以，初期我坐另一邊，刻意讓他們母子坐在一起。

每次聚會結束，都有小組分享，我們三人同一組，而教會常有新朋友，這時我們得白我介紹，湯媽媽習慣說：「我是湯媽媽，這位是我的兒子湯志偉，這位是……」時間稍微停頓幾秒，然後說：「她是Juby。」

慢慢的，我們三個人排排坐，湯哥坐中間，我和湯媽媽分坐左右，再後來，換湯媽媽坐中間，我和湯哥坐兩旁，我終於可以坐到湯媽媽身邊了。

從座位的關係圖，也看得出我和湯媽媽的關係逐漸加溫中。

後來的小組聚會，湯媽媽改口說：「這是志偉的女朋友Juby。」我欣喜在她心中終於有了名分。

教會活動常讓人有檢討自己過失的機會。

湯哥說：「會讓我心愛的兩個女人傷心，一切都是我的錯……」

我則對湯媽媽說：「對不起，我害您這位在信仰裡這麼忠貞的教友，因為我們而被糟蹋。我真的很慚愧，因為我做事情沒考慮周全，讓您受這麼大的委屈，承擔我們的錯誤……」

湯媽媽說：「我老早就發現志偉婚姻不協調，但沒有太多的關心，總以為年輕人的事情，自己會解決，卻一發不可收拾。我也沒做好長輩的角色。」

湯媽媽逐漸對我敞開心房，「你看，我多麼愛志偉，我為他捨命都沒關係，但這個事件『砰』的一聲下來。我才知道，母愛也是有限的。」

這種認罪帶給我們三人正面的能量，讓我們感覺是坐在同一條船上的人，所以我們得齊心盡力，往同一個方向前進。

跟未來的兒子交心

寶貝龍對我孩子說：「是你媽媽進來，我媽媽才離開的，你媽媽是『小三』……」

我已經跟三個孩子說，湯哥即將是他們的爸爸，但湯哥並沒有跟寶貝龍說我們未來的關係。事情曝光之前，他所瞭解的我，只是「跟爸爸一起主持節目的同事」，事情曝光後，才知道原來我們正在談戀愛。

湯哥給我的訊息是，寶貝龍對我們的交往沒有太大的反應，但他在學校幾度被同學問：「你爸媽離婚了喔？」回到家才問：「Juby阿姨是你的女朋友嗎？」

在兩家孩子一起出遊時，寶貝龍和小阿弟曾聊到電玩。

「你有玩ＸＸ遊戲嗎？」

「有啊！」

「你媽會不會罵你？」

「會啊，我媽很嚴格！」

「我媽」不知不覺成了話題之一。話鋒一轉，寶貝龍說：「是你媽媽進來，我媽媽才離開的，你媽媽是『小三』……」

小阿弟聽了很驚訝，但表現淡定，「我媽不是小三，她跟你爸爸在一起時，有跟我們說過。我媽不是破壞你爸媽婚姻的人……」

寶貝龍會把我是小三的事跟我兒子講，可見這是他初期的認知。我知道後不生氣，但想找機會釋疑。

從朋友的角色開始

某天，湯哥開車載我們外出買東西，停車後，他逕自下去，車上只剩我和寶貝龍兩人。我們以前單獨相處時都在瞎扯閒聊，但事發後，我們的關係突然變得疏遠了。我猜他小小的心靈應該受到一些傷害，可能也誤以為我是破壞他爸媽的第三者。

我覺得他沒有反應，並不代表他不想知道，而我也害怕自己的存在，讓他不舒服，由於當下車裡只有我們，我覺得是個時機。至少，讓他知道未來在他的生活，我會扮演什麼角色。

「寶貝龍，你有看到報紙，對不對？」

「對。」

「爸爸媽媽不讓你知道他們離婚，是為了保護你。雖然他們沒有處理得很好，但不能怪大人，因為怕你被其他同學用異樣眼光看……」他的眼神沒有不耐，我就順勢聊了下去，「寶貝龍，我現在跟你爸爸談戀愛，就是你爸爸喜歡我，我也喜歡他，將來我們可能會結婚……」他靜靜的聽，一臉淡定。

「但是，你放心，我不是《白雪公主》童話故事裡的後母，我也不會搶走你爸爸，爸爸最愛的永遠是你，我比較想當你的朋友。那麼，我可能是你朋友中年紀最大的，比他們懂更多事情而已。」他微微點了頭。

接著我解釋什麼叫「朋友」。「朋友就是你想說就說，不想說就不要說，你有問題想問就問，不想問就不要問。朋友看你難過，會安慰你幾句。你開心，會陪你一起笑。你想找人陪伴，只要開口，我都好。你有不懂的想問，我都會回答你。我只想當你的朋友，不想當你的阿姨。」

「嗯。」他回了一個字。

我得解釋我為什麼不想當阿姨，「如果，我當你的阿姨，我們會有距離，因為阿姨是長輩，你一定會認為你跟我說的話，我一定會跟你爸爸說，但朋友會保密，將來你交女朋友，我還可以當你的顧問哩！希望你不要把我當敵人。」

說到這兒，他好像寬心不少。

處理寶貝龍心裡的疑慮

我告訴他，「媽媽」的位置，世界上沒有任何人可以代替，「你放心，我永遠不會代替你媽媽，所以你一定要愛你媽媽，不要為難，不必去想該聽Juby阿姨的話，還是媽媽的話，你當然是聽媽媽的話。你要加倍愛你媽媽，因為我自己也是媽媽，我當然希望孩子對我好。」

我進一步解釋：「如果你擔心媽媽因為阿姨的存在會難過，你就花多一點的時間陪媽媽。當你跟媽媽在一起時，要多給媽媽鼓勵，要讚美媽媽，例如，『媽媽，你今天很漂亮！』或者，『你煮的菜比Juby阿姨好吃……』媽媽在你心中是第一位，Juby阿姨只是協助你的一雙手，例如你想吃什麼，Juby阿姨會煮給你吃，幫你準備水果，我可能不如你媽媽，但我會盡力。」

最後，我說明了大人之間的關係，「你爸爸、媽媽會是永遠的朋友。我跟爸爸會越來越老，你們長大，可能會出去工作，也許出國，那麼，我跟爸爸兩人就可以作伴了。」話說到這裡，我自認為「報告完畢」。

我的這份報告，他應該可以接受，因為他原本緊蹙的眉頭鬆懈下來，看我的眼神輕鬆不少，後來湯哥進來，他更自然了，「Juby阿姨，你有聽說XX嗎？」跟我聊學校的事情，而且聊得更愉快了。

我解決寶貝龍對我的疑慮，同樣的，也告訴我的孩子，「阿拔的地位是不可取代的，但現在多一個人來照顧你們，等於在這世界上多了一份父愛，當然不用去拒絕，在未來的路上，將多一個教導你們的人。」我想重新定義我跟湯哥在他們心目中的角色。

過了一陣子，寶貝龍慢慢地看到我這個朋友對他好，會幫他忙，幫他切水果。當他被爸爸罵時，我這個朋友會站在旁邊開導他、安慰他，也會建議他去跟爸爸解釋清楚……

後來，他慢慢的接受我這個「朋友」。對他而言，或許多一個支持，感覺也不錯。

兩家頻繁互動

寶貝龍開刀當天，我跟湯媽媽、湯哥一起在開刀房外守候，這時寶貝龍的媽媽來了。湯媽媽說：「我看你迴避一下好了，免得尷尬。」要我離開。

為了增進兩家人的瞭解，我們常一起到外面玩。在啟賢的邀請下，我們帶著孩子們到馬來西亞的邦克島（Pangkor）度假。

那是一個寧靜的海邊度假村，環境清幽，盡是鮮花綠樹，周圍充滿鳥叫蟲鳴，而且有很多水上活動，全部以設計獨特的別墅式客房組成。

一到Villa，大家開始尖叫。哇！房間好大，客廳好大，後院還有一個好大的花園，花園旁邊有好大的游泳池……哇哇哇！小朋友快瘋了，高興得大叫：「我們要住在這裡耶！太好了。」他們迫不及待的把旅行袋一丟，大叫：「我們要先游泳……」包括寶貝龍。

是朋友，也像母子

他以前對我說話都很客氣，很有禮貌，可是，當下他在我面前把褲子一脫，直接交給我，迫切的問：「Juby阿姨，我的泳褲呢？趕快拿出來，還有防曬乳……」他很急，我也急。「好好好，我在找，馬上找出來……」我一拿出來，他一搶過去，就在我面前穿上泳褲。不消一分鐘，轉頭奔向游泳池，撲通地跳進去。

他在游泳時，我猛然回想前一分鐘我們的互動，像極了母子。

四個孩子在游泳池難免有些小衝突，尤其三個聯手欺負年幼的飽妹，這迫使她爬上泳池，到屋裡告狀，「他們都用水潑我，我差點沉下去……」在泳池裡的三個就哈哈大笑。

往後幾天，他頻繁的過來喚我「阿姨」。「阿姨，我被蚊子叮了，有沒有什麼可以擦？」我二話不說，立刻找出防蚊液。「阿姨，髒褲子要放在哪裡？」我馬上把髒褲子接過來。他幾乎所有的事都問我，把我當作可以照顧他的人，對我的信任跨出了一步。

我抓住這個機會，想要表現之前說的「朋友」關係。

我蹲下來，跟他們一起吃東西、聊天，把自己降到跟他們同年紀，說一些他們才會說的話，甚至聽不懂的話題，也會問：「那是什麼啊？我不知道耶！」寶貝龍會解釋給我聽，就像解釋給同輩聽一樣。

當他的解釋很有趣時，我也會說：「啊，是這樣喔，很爆笑耶！」我不會倚老賣老地說：「我給你一個建議。」「你應該怎樣……」我只是享受跟他說話的過程，在他出現很拙的舉動時糗他，甚至捉弄他。

我發現這時候，我們的相處更舒適。他應該更真切的感受我所說的朋友關係了。

兩家不同的教養觀

不過，這次出國旅遊，我明顯看出他家和我家不同的行事作風。

湯哥做事謹慎，凡事小心翼翼。他很保護孩子，處處怕他受傷。例如到海邊玩，他的第一個反應就是：「會不會太危險了？還是不要去的好。」中規中矩的他，也要孩子維持在家裡的生活作息，時間一到，就叫寶貝龍睡覺。

我的做法跟他相反，都出來玩了，我就大解放，放手讓孩子去體驗，大膽冒險，勇於嘗試，玩到累了才睡覺，晚睡晚起都沒關係，不拘泥行事。

由於他要求寶貝龍早睡，我則允許孩子晚睡。寶貝龍當然想跟我的孩子玩晚一點，這時父子倆鬧彆扭了——寶貝龍不想早睡，想跟我的孩子玩，但湯哥很堅持，所以我的孩子只好跟著早睡了。

從旅遊中看得出來，湯哥比較謹慎，我比較開放，但我們也互有影響。我勸他放輕鬆，他勸我別太粗心大意，反而有融在一起的平衡感。

真正的「一家人」

然而旅遊回來，在寶貝龍小六升國一的暑假，就因細菌感染導致腸破裂，在台大醫院住了一個多月。整個暑假幾乎都在醫院過。

他雖然不是自己的孩子，但相處一段時間，也有了感情。開刀當天，我跟湯媽媽，還有湯哥一起在開刀房外守候，這時他媽媽來了。我們從遠遠的地方互相知道對方。湯媽媽說：「我看你迴避一下好了，免得尷尬。」要我離開。

可是，我當下就是一個做母親的心情，非常焦急，但畢竟人家才是媽媽。當我一步步走出去時，心裡很難過，「我為什麼要離開？我是關心他的阿姨，即便一個朋友，應該也可以待在那裡吧！」然而在那節骨眼，我不想增加湯哥和湯媽媽的困擾，就走了。

那段時間，湯哥都住在醫院，寶貝龍必須吃醫院的餐。我則天天帶菜給湯哥，直到寶貝龍情況好轉，我才煮東西給他吃。不過，進病房的時間點，都在他媽媽離開之後，這時他已經睡了。我只能跟湯哥在床邊為他禱告……

有一次，因為他前妻在，我不方便進去，便叫湯哥下來拿我帶的食物。他一進到車裡，我只是問了一句：「寶貝龍，還好嗎？」他就哭了。「如果孩子怎麼樣，我也不想活了……」

我好捨不得，馬上抱住他。「不會的，你不要擔心。」我們在車上一起禱告。「我會陪在你身邊。現在醫學非常發達，不要擔心。」

我知道寶貝龍是湯哥生命中最重要的人。「我會把他當自己的孩子愛護。我也捨不得他受苦。」

那段時間，外表看好像是一場災難，卻將我們三人的感情緊緊繫在一起。

在國小升國中的「青春期的預備期」，寶貝龍一睜開眼睛，就看到睡在沙發，陪他住院的爸爸，剛好見證了湯哥對他的愛。

由於父子哪裡都不能去，被迫二十四小時在一起，讓他跟兒子有最美好的相處時光。

湯哥也幫我在孩子面前說：「Juby阿姨有來這裡為你禱告，還帶了東西……」而我每天睡覺前的陪伴，成了湯哥最佳的避風港。

我們談心，舒緩他一天的壓力。我們一起同甘苦，共患難，我真切的感覺到我們是一家人。

他突然不想結婚了

我對湯哥說：「如果你不願意結婚。ＯＫ，我們分開。」

這時，他緊張了，「不要，我根本沒要分手的意思。」

就在我積極的往結婚方向做準備時，有一天，他突然說：「我覺得我們現在這樣也滿不錯的……」

我一聽，愣住了。「這是什麼意思？不要結婚嗎？」

他說結婚必須慎重，他要重新思考所有問題。

「那我們過去忍受這麼多冷嘲熱諷，算什麼呢？」我覺得好不容易建立的感情像一場突如其來的大地震，把這份愛徹底震垮了。

我心裡有很大的失落感。當我終於知道自己有力氣去愛人，用盡最後的力氣去愛他，當我勇往直前，而他卻退縮了。

我感到絕望，甚至憤怒，因為我已經跟親朋好友承認這份感情。我害怕經歷千辛萬苦得到的果實，最後不屬於我。難道我的愛情受到了詛咒？

我不解，一直追問原因，原來他有「恐婚症候群」。

他結過婚，知道柴米油鹽醬醋茶的重要，加上前一段婚姻也許錯待彼此，最後以「不愉快」結束，使他對婚姻有了戒心。這種感覺，談戀愛時不易察覺，一旦論及婚嫁就會鑽出來。

這跟我喪偶的情況不一樣。馬爺給我豐富的愛，我生性樂觀，即使他離世，我仍深信愛情永遠存在。

承諾一起扛

然而，湯哥的憂慮鋪天蓋地而來，隱藏在心裡說不出的關鍵，其實是「經濟」因素。

我有三個孩子、湯哥一個。我三個多一個，不算多，湯哥從一個增加為四個，對他造成的經濟壓力，可想而知，這是迫在眉睫的現實。

由於他年過半百，我們從事的都不是薪水穩定的職業，加上影劇圈特別萎靡，而且接下來面對的是共組大家庭的大問題，使他對未來充滿不確定感。

但從另一個角度看，他不輕易承諾，也代表他有責任感，思慮周全。我理解他的害怕和恐懼，但因「未知」，而不敢前進，豈不可惜？

我告訴他，我們一家四口過去都過著儉樸的生活。我不崇拜名牌，生活要求相對低，家人平日都有儲蓄習慣。馬爺曾說：「自己動手，豐衣足食。」我們給孩子的觀念是「腳踏實地」，有付出，才有收穫。

我轉個彎，描述餐桌的概況。某天，大家一起吃烤地瓜。吃完後，坐著不動。你看我，我看你，等著看誰先放屁，終於等到了那一聲……突然笑聲四起，喔，我們自己都覺得這是一個好蠢的家庭，卻是我們生活的一大樂事。

「家庭和諧的氣氛比吃什麼都重要。即使飯桌上的笑話，就足以讓我們吃得飽飽的。我不知道未來會遇到什麼狀況，但我視這個好不容易得到的愛為『禮物』。我們一定會比別人更加珍惜。」

我頻頻安慰他，經濟的擔子不只你扛，我也會工作賺錢，我們一起扛。兩人加起來的力量，絕對比一個來得大。「一起努力，怎樣？」

他顯得裹足不前，沒有回應。

看他那樣子，我也洩氣了。好吧，過去是我多想了。我應該守住本分，我太愛編織美夢了，我太不知道自己斤兩了……所有負面的情緒排山倒海而來，我突然興起一個念頭：「我就跟三個孩子好好的過下去，也沒什麼不好。」

接著對湯哥說：「如果你不願意結婚。ＯＫ，我們分開。」

這時，他緊張了，「不要，我根本沒要分手的意思。」

原來他想「維持現狀」，「我們可以跟以前一樣就作伴啊！」

但如果因為經濟因素，讓這份愛動搖，我不確定我可以陪你這「人生伴侶」走多久。

我沒有跟任何人說，也沒地方說，更不可能跟孩子說。我不想破壞孩子對未來爸爸的形象。我經歷很大的沮喪，感覺快要垮了。

那段時間，我連跟他見面的力氣都沒有。再加上兩人的工作忙碌，僅止於偶爾的電話聯絡。

一解致命的「經濟」問題

有一天，他打電話問我：「你最近有沒有比較空了？」離他說不想結婚大概一個多月。

「稍微空一點。」

「出來吧，我們去吃個飯！」我雖說好，但真的提不起勁，「吃飯幹嘛呀？我們只是伴侶嘛！」

我勉為其難的跟他出去，剛坐下沒多久。他就說：「關於我們的婚姻，我想找牧師聊聊，聽聽他的看法。」

我說好。教會的牧師多年來有豐富的婚姻諮詢經驗，可以幫我們（其實應該是幫他），但我心裡嘀咕著：「你自己決定不了，所以要找另外一個人，是嗎？牧師說是就是，牧師說不是就不是。我的婚姻為什麼要交到一個牧師手裡？」這話，我當然不可能說出來。

牧師用《聖經》經節告訴我們，如果結婚，雙方要有一致的方向感和執行力。如果沒有意願，當然要暫緩。

至於致命的「經濟」問題，牧師給我們很大的鼓勵。「孩子會長大，不是永遠都讓你們養，你們只要辛苦幾年，直到他們大學畢業就好。」

牧師認為，人生處處充滿冒險與挑戰，「但依你們的經驗和成熟度來看，『結婚』不是一個輕率的冒險，而是值得的挑戰，有必要為了一點可能發生的狀況，而丟棄一個變成美好幸福的機會嗎？況且，當一個家庭有信仰，很多事情會迎刃而解。」

聽完牧師一席話，我有了啟示，我要抓住機會，加把勁，做最後努力。我覺得愛情和幸福掌握在自己手裡，不要輕言放棄。

我的態度顯得積極，「撇開經濟，孩子會慢慢長大。他們到了青春期會談戀愛，我們這種不結婚，只在一起的狀態，要怎麼教育孩子們？難道他們也可以拿我們的例子，只談戀愛，不結婚生子，只要開心有人生伴侶就好，是這樣嗎？我認為這對孩子是壞示範。你要思考這一點。」

另外，我們的信仰教導我們，當愛情成熟到一個地步，要在神的面前立下「愛的盟約」，這不僅是誓言，意即生老病死，這份愛都不會改變。更何況，我們兩家的孩子相處得這麼好。我們這麼幸運，這不是一個好的暗示嗎？

這番話，對他起了關鍵性的決定。

何等美好的事

有一天，工作結束，湯哥突然說：「我們要不要去問一下牧師，他下個月有沒有空？如果我們要結婚，得要牧師有空才行。」

突然的，「結婚」這兩個字出現了。湯哥說：「這樣吧，牧師哪天有空，我們就哪天結婚。」

這一問，問出了答案。牧師十月十九日有空。當時是八月底、九月初。

「什麼，不到兩個月耶！」我心裡雖然覺得倉促，卻很開心。

我跟馬爺結婚時，兩人都還不是基督徒，我們當時是在海霸王餐廳結婚的。這一次，我即將在教堂結婚。「哇，那是多麼的莊嚴，又是在神面前立下盟約，喔，這是何等美好的事！」

我沉浸在那美妙的時光，然後馬上回神，「這下要怎麼通知親朋好友？人家那天也不見得有空！」他說，反正我們都是第二次結婚，不需要太高調。我們又不收禮，就辦個簡單溫馨的下午茶，邀幾個教會的朋友就好。

我笑說：「既然這樣，好像用Line就可以解決了。」

Juby的私房話

當天，湯哥把我的孩子摟在兩邊，我們一起禱告。

他跟馬爺說：「你放心，我會保護這些孩子……」我聽到這一句就哭了。

我通知朋友結婚訊息時，一位朋友驚訝的說：「原來他是玩真的！這年代敢『扛』下的男人不多了！」

這句話的背後，是感嘆我們這一段愛情走得很坎坷，而那個「扛」，指的是我的三個孩子，朋友的祝福裡，還包括佩服湯哥的勇氣。

另一位接到婚禮邀約的閨密，則私下約我下午茶。我這朋友四十幾歲，始終被刻板的道德約束著，以至於想愛不敢愛，即使喜歡，也不知道眼前這個會不會比以前的好。
「唉，好難決定。」
其實，她的情況跟我與湯哥很像。雙方都是單親，談了幾年戀愛，但因遇到很多問題而裹足不前，對未來充滿恐懼。
她問我：「你的單親生活沒人管，無憂無慮的，你哪來的勇氣，再踏進婚姻？是因為害怕孤單嗎？湯哥會比馬爺好嗎？」還有，「既然是第二春，你怎麼不找個『多金的』？湯志偉應該不是有錢人吧？」其實這些問題，也是她遇到的問題。

黑暗中，溫暖的一道光

從小就是獨生女，孤單對我來說習以為常。選擇第二春，只是因為我遇到了愛情。
我原本在明亮的世界裡，但自馬爺過世後，黑暗籠罩著我。我的世界關了燈，我躲在黑暗處很久，我原本以為自己可以適應黑暗，沒想到這時湯哥出現了。
他像一道微弱的燭光，不亮，卻很溫暖，是一片黑暗中唯一的光。那一點光，輕輕的喚醒黑暗中的我，於是我循著那道光走出去，因為我渴望在光裡。
朋友問：「那道光哪裡吸引你？」

「比起送洋房、鑽戒，那道光很微弱，卻很溫柔。」

他會幫我開車門，幫我拿外套。走出戶外，我隨意搭著的一條圍巾，他會幫我圍好。

當他點了麻醬拌麵時，一定拌好，再移到我面前，讓我先嚐，「味道可以嗎？」

這麼小的動作，居然會讓我眼淚差一點流出來。這時候，我才知道我需要這樣的關心。因為長久以來我都扮演著擔心別人的角色，從來不曉得自己的需要。沒想到我內心深處需要這份關懷。

「不過，當時我不敢有非分之想，只好把這些感覺打包，藏起來，直到我知道他離婚了，喪偶的我，有權自由戀愛。我帶著傷痕，仍散發純粹的微笑，感情就這樣發展下去了。」

我這朋友聽了很驚訝，「你都過不惑之年了，怎麼聽起來像個小女生？」

我說：「我也覺得不可思議，但是，我跟你講的都是千真萬確的感覺。」

戀情曝光後，我感覺前面的路布滿荊棘，但我還是決定走下去。因為情感的元素是愛與分享，有愛，有分享，就會有快樂，而且我們需要這兩個元素當作生活的基礎。「當兩個相愛的人遇上，人生就有意義了。」

當我擁有再一次的機會，我用完全不同的眼光和角度去看待這份愛情。我這年紀因為經驗值，懂得愛要做在對方的需要上，並且給予更寬、更自由、更舒服的空間。

「但你千萬不要去比較這兩個男人啊！」我以過來人的身分勸她。

每個男人的成熟度和歷練度不同。他們對愛的表現和付出方式也不同，連愛的溫度都不一樣，怎麼能比呢？通常，不在的人，總是讓人懷念比較多。

其實馬爺也有不好的時候，只是他不在，我反而記不起來了。「難道，每一段愛情都要等人不在了，才能體會他的好嗎？」

「如果，你們認同這份愛，為什麼不繼續？」

克服「創傷症候群」

往下走之前，你們得克服之前失去另一半的傷痛。我在喪偶過程中，有所謂的「創傷症候群」，情緒常處在矛盾、反覆中。

我曾問湯哥：「你的愛，可以包容這些嗎？」我並不是要立刻討論一個對策，而是希望他與我可以發揮「同袍」一加一大於二的精神，一起共度未來艱困的挑戰。

「也許你覺得我談愛情很感性，但我面對第二春的態度，卻很理性。」決定結婚之前，我把可能遇到的「清單」一一列出來，逐一面對，包括如何跟婆家、孩子、父母和他的家人解釋。

這段過程，湯哥曾「猶豫不決」。當他說出「我們這樣也好」，並不想結婚時，我聽了很難過。一般女生可能有兩種反應：一是，好啊，那就不要結婚；二是，奮力一搏。我認為幸福掌握在自己手中，不想讓這得來不易的幸福溜走，於是把他的問題攬起來，幫他解決猶豫背後的原因。

這時他的問題不再是他一個人的問題，任何一方出現問題都是「我們」的問題。我們得同心，不能分開單獨處理。

當我們一起面對問題時，才互相知道對方的立場有多為難，但我無力時，他還ＯＫ，他無力時，我信心喊話。

總是有一方可以拉對方一把，繼續走下去。

結婚「清單」上的最後一項

我的最後一項「清單」，還包括跟馬爺溝通，這部分，我只能放在禱告裡。

我在心裡跟馬爺說：「你在天上一定都看到我跟湯志偉的事了。我對你很抱歉，但我一定會把孩子帶大。其實，這份愛情我也很迷惘，但我已經下決定了。倘若你同意讓他做孩子的爹，答應由他來照顧我，你就讓某一天，由湯志偉帶著我們一起在你墓前，一起向你報告，好不好？」

在我們決定結婚之前的清明節，湯哥知道我要帶孩子去掃墓，就說由他開車載我們去吧！我一聽，心中竊喜，「難道馬爺聽到我的禱告，首肯了？」那一次，讓我對這份感情更加篤定。

當天，湯哥把我的孩子摟在兩邊，我們一起禱告。他跟馬爺說，「你放心，我會保護這些孩子……」我聽到這一句就哭了，心中的大石頭也落了地。我覺得這是湯哥的擔當。

後來，我跟孩子去洗一些帶到墓園的水果，但湯哥沒跟上來，我發現他停在那兒跟馬爺對話，這一點，我很感動。

那一天，孩子們都知道，我跟湯哥都坦然面對了他們的阿拔，也讓孩子們知道我這個媽媽沒有忘記他們的阿拔。這件事對我們大家都是很好的影響，也讓我邁向第二春之路更加圓滿了。

所以即便湯哥不會甜言蜜語，在孩子面前拙於言詞，但這個動作，對我們來說就足夠了。

任何一份愛情都需要付出代價

我說：「不要以為你至少要找到一個滿足你條件百分之九十以上的男人，才決心去愛，不，千萬別小看那個六十分、剛好及格的愛情。這種一開始不完美的愛情，提供了彼此一起去經歷和面對的勇氣，愛的過程，也孕育生命的成長。只要兩個人願意去努力，最後會發展成『倒吃甘蔗』的愛，就像酒越陳越香一樣。」

我的這番真情告白，好像打動了她。

我說，不要硬跟自己的遭遇抗衡。不要因為困難而害怕，不要因為阻擋就裹足不前。你可以走得慢、走得更小心，就是不要原地不動。「愛是一切的源頭。只要不違背倫理道德，沒有人可以在愛裡被定罪。」

她聽了頻頻點頭。

我相信社會上像我這樣的人很多。有些人遇到問題束手無策就放棄了，「但你認為的問題，不是結婚才有，不結婚也有。任何一份愛情都需要付出代價，都需要去解決。如果不是因為不愛，而是因為遇到難關而導致分手，我覺得可惜了。」

我們聊著聊著，不知不覺到了她要回家做晚餐的時間了。我說：「你比我以前看到時還漂亮。」

她喜出望外，「真的嗎？」

真的，愛情是女人最美麗的衣裳，藏不住的。

當你有能力愛人時，不要放棄。我們都可以扭轉自己的人生，贏得想要的婚姻生活。

第五篇

兩個家庭的磨合

0. 5+0. 5=1

志偉致詞時說：「原本以為自己會孤孤單單地過一輩子，年老就倚著養老院的窗戶看夕陽，但Juby的出現，讓我看到旭日再現。」

我們的事公開後，在教會裡，常會聽到這樣的聲音：「Juby姐，看你跟湯哥放閃，好甜蜜喔！」「ㄟ，你們會不會就這樣一直談戀愛、不結婚啊！」

藝人團契成員像兄弟姊妹，無話不談。有時不太方便對家人說的話，都會在這場合大膽的說出來，包括情緒上的起落。

我心底一直認為，談戀愛到了一個地步，理應結婚，用愛建立家庭，但談何容易，所以我如果不小心發出一聲嘆息，「唉！」他們就點點頭說：「我們都懂你的心情。」尤其在湯哥認為「我們這樣也很好」的話說出來之後。所以每次講到這裡，他們都會說：「來來來，我們為你們禱告。」

然而當我們決定公布結婚喜訊後，我那一群弟兄姊妹們，竟然出現可愛的反應。「懷孕了。」

「你們的禱告應驗了。」

「那就是結婚囉！」

接著一片「哇哇哇……太棒了……」大家樂翻天。

黃嘉千當場拉小馬說：「來來來，我們來主持，到時候來鬧一下，因為短期之內好像也不太會有新人要結婚。難得有機會，來玩一下。」我們就在大家的一片祝福聲中，宣布了喜訊。

巧的是黃小柔在我們前一個月結婚，她就直接把婚禮公司介紹給我，「我知道哪一家可以談代言……」藝人的人脈資源非常豐富，婚紗代言、喜餅代言、廠商贊助，他們完全把我捧得跟第一次結婚一樣。

我不用動任何腦筋，他們全都幫我張羅好，連蜜月旅行的飯店都幫忙訂了。這種澎

對音樂很有天分的毛妹彈著吉他。

湃的熱情，讓我們頓時回到了青春。

我們決定用簡單的下午茶方式，舉辦一個溫馨的婚禮。

毛妹深情的唱歌祝福

婚禮開始之前，毛妹用吉他練唱一首很棒的詩歌〈奇妙的愛〉。志偉站在旁邊聽，聽到一半，便快速離開到新娘化妝室來。

志偉過來看我的眼神特別不一樣，我們相處這麼久，彼此可以從對方的眼神得知一些訊息。他的眼神常常躲不過我的眼神。

我定睛多看他三、四秒，他的眼淚就流出來了。
我問：「你去看Matilda（毛妹）彩排？」
他說，「對！」
我再問：「很感動？」
他點點頭。
我說：「我懂我懂，但你不要現在跟我說，我正在化妝呢！」
婚禮進行中，毛妹深情的唱著：

祂所做一切　是多麼奇妙
祂所給我的愛　我無法解釋

我只知道我曾失喪　今被尋回
曾瞎眼今卻看見
每當我想到這一切　就充滿感謝

奇妙的愛　奇妙的愛

父女相擁而泣

我心想，這歌詞不正是毛妹的經歷嗎？我謝謝她體諒我，我相信對於我的決定，她內心一定喜憂參半。

她一定想讓媽媽開心，但對爸爸也疼惜。她一定經過一番掙扎，可是，今天她卻為了這份愛，已經先接受並且祝福我，這是多大的恩典啊！

當毛妹一唱完，志偉就衝上前擁抱她。她依偎在他胸前大哭。

我看到這對父女相擁而泣的那一刻，心裡有很多感謝。

做為一個母親，我多麼希望我的孩子能再度得到父愛。

毛妹說：「我好開心，因為我有了一位愛我們的新父親。看到爸媽幸福的模樣，我知道自己什麼都不缺了。」

牧師證婚時說，結婚是一個「盟約」。盟約跟合約不同，合約可能因著你的期限到期而終止，但盟約是一種莊重的宣言，一旦立下，就跟著世世代代。

牧師問：「志偉，你願意娶Juby為妻嗎？不管她生老病死，你都願意照顧她一輩子嗎？」

當志偉說「我願意」時，我的眼淚噴了下來。

我們才是「多元成家」

對剛結婚的新人來說，「老」和「病」可能很遙遠，但志偉已過半百，我也即將步入中年，慢慢走進後半輩子的人生路，生病、年老就在眼前，而我們都願意互相扶持，這涵義何等重要。

此外，他不但要照顧我，還包括我的三個孩子，這一整個家庭對他來說負擔頗重，但他仍願意，志偉頓時在我眼裡變成了一個巨人。

志偉致詞時說：「原本以為自己會孤孤單單地過一輩子，年老就倚著養老院的窗戶看夕陽，但Juby的出現，讓我看到旭日再現。」

他繼續說：「有一句話是1加1大於2，意思是一個人和另一個人的結合所產生的力量大於原來的2，但對我們來說，並非如此。我和Juby的結合是0.5加0.5等於1；原本我們各自的家都不完整，因為結婚，我們完整了。1，代表一切可能的開始，1的意義是，不管我們遇到任何的狀況，都不會分開。1，意味著後面可以自行創造好幾個零，讓數字變大了。」

我聽了，泣不成聲。突然得到一份這麼棒的禮物，這是恩典。所謂的恩典，是你不用付出什麼就白白得到，讓你重新擁有幸福和快樂。

我說：「我喪偶，人生殘缺，原本以為不配得到，現在居然都拿到了，這對我是個翻轉的人生。我的心更加柔軟、謙卑了。」

另一方面，寶貝龍也在婚禮之後，受洗為基督徒。在那儀式當中，他說：「我祝福爸爸、媽媽的婚姻……」當我聽到他稱我「媽媽」時，非常滿足，這出乎我意料之外。

我們的婚禮沒有出現白頭偕老、早生貴子等祝賀，但他們無聲的祝福和眼神，我們都收到了。

他們擁抱我們的溫度和力道，也都收到，這些是勝過一切的禮物。有朋友甚至說：「你們才是『多元成家』。」

我們歷經千辛萬苦，兩個家庭終於合而為一了，但這不意味著新郎、新娘從此過著幸福美滿的日子。

相反的，兩個家庭的磨合正要展開，我們將迎接另一項挑戰。

適應新婚生活

當飽妹從黑暗的房間走出來，寶貝龍則默默躲在轉角處，等她一出現，突然發出「砰」的一聲……

婚後，我理所當然搬進志偉北投的家。但志偉家只有三個房間。他和寶貝龍一間，其他兩間，分別是書房和放ＣＤ的「視聽室」。

志偉收集一千多片的ＣＤ和為數不少的唱片，多到非得有一個房間擺放不可。

夫妻，僅能牽手？

這下可糟，房間不夠，該怎麼辦？由於結婚倉促，我們來不及準備新房。四個孩子中，最小的飽妹剛念小一，為了學區，得跟我住。最大的姊姊毛妹（念國三）和小阿弟（念國二）住校，由於兩個禮拜才回來一次，就先回阿嬤家住，所有的孩子，只有假日才會聚在一起。

「就先將就著，我們會努力找大房子，到時候，大家再集合。」所以結婚初期，我們四人就住在同一間。

幸好志偉的房間夠大，由兩個房間打通，勉強可以放三張床（我和志偉一張床，寶貝龍和飽妹各一張床），但那情境可想而知。我和志偉睡覺得規規矩矩，頂多牽個手而已，當然不可能有新婚的衝動和激情。

我的新兒子寶貝龍是個單純的孩子，原本就跟爸爸睡，現在仍跟爸爸同一間，似乎沒什麼改變。飽妹也是如此，原本就跟媽咪睡，現在仍跟媽咪同一間，也沒有改變。

這種表面上看起來沒改變的感覺好妙。實際上，我們經歷了一場婚禮，人生最重要的一關，卻好像只是一場儀式而已。

然而，很多問題卻一一浮現了。

寶貝龍學習當哥哥

寶貝龍與飽妹相差十歲，由於年齡懸殊，大家同住在一個房間，並不尷尬。不過，吵鬧卻常常上演。

寶貝龍本來只跟男生玩，不懂得怎麼跟這個妹妹相處，只好跟她調皮。例如，經過飽妹身旁，會故意把她的帽T蓋上，遮住她的眼睛，讓她一時之間看不清眼前的路，走路晃呀晃的；又如拿東西給飽妹吃，當飽妹伸出手時，他馬上收回，或者在她後面，冷不防的拍一下，飽妹問：「誰拍我？」寶貝龍假裝不知道，東張西望，「誰？」

還有晚上故意把燈關掉，飽妹大聲尖叫，當她從黑暗的房間走出來，寶貝龍則默默躲在轉角處，等她一出現，突然發出「砰」的一聲，哈哈哈的離開……

我跟飽妹說，因為寶貝龍沒有妹妹，「你要給他機會當哥哥，好嗎？」

飽妹「嗯」的一聲。孩子的世界，多一個人陪伴，就是多一份愛，不會把不舒服放在心上。

某一晚，志偉切水果，飽妹就多拿一個盤子湊過去說：「寶貝龍也要吃。」一旦下雨，她立刻到書房關窗戶，因為那是寶貝龍寫功課的地方。有時寶貝龍回家把書包扔在飯廳，飽妹會幫他拿到書房。

有一次，飽妹聽到爸爸問：「寶貝龍，你學校的通知單放在哪裡？」

飽妹立刻幫忙找，「在這裡。」

我覺得飽妹很像家裡的第二個女主人，常常他們父子慌亂的忙上忙下，是飽妹一個動作，或一句話把它搞定。

我喜歡看這對兄妹的互動。家裡客廳有個籃球框，寶貝龍想訓練自己灌籃，就跟飽妹說：「你守我。」

飽妹也想當個稱職的防守員，只見她雙手不停的在空中飛舞，跑得氣喘如牛，但仍守不住哥哥。

這時寶貝龍停下來做技術指導，「我在右邊的時候，你要轉過來守我右邊。我在左邊的時候，你就要守我左邊。」

飽妹說：「好，哥，我知道了。」

那模樣遠遠看，彷彿寶貝龍是教練，飽妹是選手。

選手在場中被教練訓斥，但一下場，飽妹失守，寶貝龍灌籃得分，讓他很有成就感。

他們從籃球互動中發展不錯的兄妹情。

不過畢竟都是孩子，當寶貝龍捉弄飽妹時，她還是會跑來說：「媽，你看，他又欺負我了啦！」

寶貝龍就嘟著嘴回：「愛生氣，告什麼狀？」

教孩子多看對方好的一面

小孩告狀，我都教他們多看對方好的一面。例如，告訴飽妹，寶貝龍哥哥也常常幫你啊，他會搬椅子給你坐、跟你分享小叮噹、7-11的累積點數也都給你……

小孩告狀歸告狀，但只要起一個新話題，他們又玩在一起，蓋過之前的不愉快，所以我很放心他們的相處，因為孩子真的沒有過夜仇。

即便被捉弄，飽妹仍喜歡寶貝龍，也想跟哥哥和睦相處，甚至cover他。

有一次，我小聲的唸寶貝龍：「手機滑太久囉！」

飽妹聽到馬上說：「沒有沒有，他才剛剛拿起電話而已……」

有一天，我竟然看到一直欺負飽妹的寶貝龍，坐在旁邊教她功課，一副大哥哥的模樣。

那種感覺是，你上一次幫我，下一次我也會幫你……這些點點滴滴，培養出新的兄妹情。

尊重彼此的教養方式

我們的加入，讓這個家變得熱鬧了。

以前志偉的家很安靜，父子相處的模式是一問一答。有人問，另一人才回答，平日家裡很安靜。我們家完全不同，平日就嘰哩呱啦。

其實不吵，而是大人、小孩都活潑，不過我們也不能把家弄得天翻地覆，遇到志偉熬夜拍戲，白天還在睡覺的當下，我們得互相說「噓」，提醒對方講話小聲點；小阿弟練琴之前，會先看爸爸起來了沒，再決定是否彈琴。這是孩子對新爸爸的體諒。

此外，志偉講究飯桌禮儀。例如，盤裡如果有兩塊肉，他教育孩子一定要夾小的那一塊；如果只剩一塊，夾之前要先問其他人：「有誰要吃？如果沒有，那我吃囉！」我覺得這是好習慣，我們跟著遵守。

他重視生活教育，尤其在乎功課和學歷；我也重視教育，但偏重才藝學習。即便觀念不同，但我們彼此尊重對方。不過，當我們一起面對孩子時，兩人態度得一致。這得事先說好。

我和志偉對自己的孩子管教得比較嚴格，對另一半的孩子多溫和勸導。我樂於三個孩子多一個爸爸管教，畢竟孩子的爹已經不在了。

至於他的孩子，我有點為難，因為前妻還在。我的原則就是不踰矩，對寶貝龍僅多一點生活上的照顧，而不是教育上。

婚前我的孩子們就說好，會叫志偉「爸爸」；提到馬爺，則叫「阿拔」。而寶貝龍除了結婚當天稱我媽媽之外，平日都喚我Juby阿姨，這個稱謂沒有因為結婚而改變。

兩個爸爸，不同的兩份愛

對毛妹和小阿弟，志偉這個新爸爸跟過去他們的親生父親很不一樣。

馬爺是那種天塌下來有他這個老爸扛著的人，雖然很man，卻是溫柔體貼的慈父；他的經歷豐富，從小在外面打拚，算是江湖浪子。

志偉童星出身，從小備受呵護，雖然戲裡總是多情，但現實生活中情感用得少，看待事物理性務實，講話簡短，不囉嗦。一句話如果可以用三個字講完，絕不會用到第四個字，孩子也覺得聽他講話很無趣。

若要多說幾句，他曾這樣對孩子們說：「從今以後大家在一起生活，我們要好好的相處，新生活跟以前不同，但沒關係，經過努力、適應，相信慢慢會變好！」像不像長官致詞？同樣一句話若由馬爺講，一定感性動人。

即便如此，我還是跟孩子說，兩個爸爸是不能比較的。因為每一個人都是獨一無二的。

「你們不要去揣測某些事情如果爸爸還在會怎樣，不管是過去的阿拔或現在的爸爸，對你們管教的出發點，都是出於愛。如果讓你們感到不舒服，提出來，我們可以商量。」

湯志偉，三個跳躍的音符

有別於毛妹和小阿弟，飽妹滿月阿拔就過世，無從比較，所以她對新爸爸多了一點期待。

有一次，我去拍戲，她寫完功課後打電話問我什麼時候回家。「媽咪回到家應該很晚，你先睡吧！」

「可是我的家庭聯絡簿要簽耶！」

因為一直以來都是我簽名的，我們正在想該怎麼辦時，飽妹突然問：「我可以叫爸爸簽嗎？」

我聽她這麼說馬上接口：「對喔，可以，你就叫爸爸簽名。」

小阿弟、湯志偉、Juby、毛妹及飽妹（由左至右）。

可見她對這件事已經想過，然後說，「以後你不在家，是不是都可以叫爸爸簽名？」對對對。

隔天一早，我才到家，在她出門前，我問：「飽妹，你的家庭聯絡簿簽名了嗎？」

她說：「爸爸簽了，他簽『湯、志、偉』。」很開心的語氣。

「湯志偉」三個字從她嘴裡說出來，似乎是三個跳躍的音符。

學當有女兒的爸爸

「唉呀，這個不好看，重來。」「怎麼這麼難搞啊？」志偉快抓狂，一邊抓毛妹的馬尾，一邊唉聲嘆氣。

志偉一直渴望有女兒，這件事對他很新鮮。現在如願以償了，卻不懂得怎麼跟女兒互動，也不知道該用什麼言語跟小女孩交談，因為他只有跟兒子在一起的經驗。

新婚初期，志偉跟孩子們的相處很陌生。毛妹和小阿弟懂得察言觀色，而且長期在外住宿比較沒問題，飽妹則陷入「爸爸」與「Elton叔叔」的矛盾中。

教飽妹，把頭輕輕躺在志偉臂彎

我只好帶著飽妹觀察志偉，有時需要透過聊天，協助她瞭解新爸爸是怎樣的人，他喜歡什麼、不喜歡什麼；愛去人多的地方，還是安靜的地方；可以對爸爸提出哪些要求……好比她不會跟爸爸提議看電影，因為她知道爸爸都在家裡看影片，不喜歡去電影院。

我告訴飽妹：「你可以把Elton叔叔當自己的爸爸呀，找他玩、找他聊天，想要撒嬌，也可以喔！」

飽妹眼裡閃著疑惑，因為志偉不久之前才只是Elton叔叔而已。

一般小孩都會透過擁抱碰觸父親的溫度，但她沒有這個經驗，不曾真正擁抱過爸爸，當她終於懂事，疑惑也慢慢長大——父親是什麼。

當志偉不經意地把飽妹抓過來擁入懷裡，飽妹起初不知道雙手要放在哪，可以摟住他的脖子嗎？我把雙掌合在一起，教她可以把頭輕輕的躺在志偉的臂彎。

也許這些動作對別人很容易，因為小孩與爸爸的互動是天性；但對飽妹著實困難，她與這個毫無血緣關係的「爸爸」仍存在距離感，進一步互動前，需要透過思考、判斷與轉換的過程，心裡想：「我可以這樣嗎？」「我不高興時可以賴在地上嗎？爸爸會罵我嗎？」「我真的可以撒嬌嗎？」

他們像是剛認識的朋友，但這朋友卻叫「爸爸」。

在管教之前，先有愛

有一天，我忘記飽妹做錯了什麼事被志偉指責，她雖然做了解釋，但爸爸仍不瞭解，飽妹就哭了。

志偉覺得奇怪，同一件事，他也是用樣的方法跟寶貝龍說，自認為很公平，並沒有對飽妹特別兇，「她的反應怎麼會這樣？」

我說，有些話可以對兒子說，但女生臉皮比較薄，不可以說太重的話，有時只要稍微指責女生一下，她就含淚了。

志偉很訝異，試著安撫飽妹：「不哭不哭，爸爸真的不是這個意思……」頻頻說對不起。

飽妹在學校看過很多同學們的爸爸親切跟孩子相處的情形，但看不到他們在家裡做錯事時，爸爸管教的一面，所以當飽妹在得到爸爸的愛之前先嘗到爸爸的管教，心裡當然不舒服，甚至心生恐懼。「難道我爸爸對我的愛是這樣嚴厲的嗎？」

我處在志偉和孩子之間，盡量用輕鬆、幽默的方式化解。例如，父女突然陷入關係緊張時，我會告訴飽妹：「看看爸爸現在的樣子，是不是很糗？你就不要跟他計較了。他也滿可憐的，或許我們反過來要安慰他呢！」飽妹聽了才破涕為笑。

後來我跟志偉溝通，不管是不是我們親生的孩子，「在管教之前，一定先有愛，在愛裡談管教。」

我以自己跟寶貝龍相處的情形為例，當志偉去拍戲時，我會陪伴他。雖然只是生活起居等照料，但無形中已經透過照顧跟他相處。這時我們住在一起，若他東西亂丟或杯子喝完沒放回原處，我說他幾句時，寶貝龍並不會有被責罵的感覺。

志偉聽懂了，才慢慢調整跟飽妹的相處方式。

直到志偉幫她拍照，幫她與同學拍下美好且快樂的回憶……喔，原來爸爸可以幫忙做這些事啊！

樂當爸爸的小幫手

某日一早，我要拍戲，匆匆忙忙的出了門，由志偉帶飽妹去上學。這下他慌了，他面臨的第一道難題就是幫她「綁頭髮」。飽妹的頭髮烏黑亮麗，長且密，彈性好，有點自然捲。

我之前告訴過志偉：「抓一抓，束髮，綁個馬尾就好。」

志偉從小演戲，看多了化妝師幫女明星綁馬尾的場景，但從沒做過，光是「綁馬尾」就耗費他很多時間。

「唉呀，這個不好看，重來。」「怎麼這麼難搞啊？」他快抓狂，一邊抓馬尾，一邊唉聲嘆氣。

飽妹很尷尬，只好說：「爸爸，沒關係，這樣就好。」

其實志偉知道自己綁的馬尾不及格，希望幫飽妹綁個漂亮的頭髮讓她上學。

「不行，爸爸要再來一次。」眼看時間來不及了，他投降了。「好好好，就這樣，走走走。」

放學後，志偉單獨跟飽妹在一起，他得重新學會照顧一個小女孩。

「肚子餓了喔，你要吃什麼？」

飽妹說，「都可以啊！」

志偉左思右想。

飽妹開口了：「自助餐也可以。」

吃完自助餐回到家，志偉手中拿著大包小包的走到信箱拿信。飽妹幫他開門，還把信放到該放的地方，彷彿是爸爸的小幫手。

「哇，你都知道喔！」

她很高興的笑了，開心自己有幫到忙。

漸入佳境的飽妹

洗澡時間一到，志偉又緊張了，「你會不會自己洗？」

飽妹說：「會，我會自己洗。」

其實平日都是我幫飽妹洗，但看得出她想體諒爸爸，不為難他。

飽妹進浴室後，志偉不知道當下的自己該做什麼。

好在沒多久我回家，第一句話就是問：「你們兩個還好嗎？」

志偉說：「還好還好。」

「你有沒有幫她準備衣服、褲子？」

「沒有耶！」

「那你有幫她洗頭吧？」

「也沒有耶！」

「什麼？都沒有？澡她可以自己洗沒關係，但你起碼要幫她洗頭吧？她的頭髮那麼長，又多又密又捲，怎麼會自己洗？」

「我不知道。她說自己會洗。」

「啊？你一個大人去聽七歲孩子說的話。她說可以，你就相信了？」

「對啊！」

「你這爸爸是怎麼當的？」

「我不知道啊！」

「好，下一次如果再這樣，你要幫她洗頭。如果她硬要自己洗，你至少要站在旁邊看，看她有沒有沖乾淨，稍微技術指導一下……」

「喔！」

飽妹的心裡也許想，自己好不容易有了一個爸爸，她珍惜並且主動地愛爸爸，甚至照顧爸爸。

我覺得他們都在學習新的身分，志偉因為飽妹，學習當一個有女兒的爸爸，飽妹因為志偉，學習當一個貼心、溫柔的女兒。志偉才剛適應新角色，反而飽妹漸入佳境了。

找房子

我們推開柵欄，沿著石板鋪設的樓梯走上去，像是山中小屋，前院可通到後院，有花有草……

我第一眼就喜歡，但心想，「這哪是我們能力租得起的？一定月租十幾萬吧！」

我是獨生女，志偉是獨生子，我們都沒有兄弟姊妹，但都肩負照顧父母的責任，所以我們的願望就是婚後各自接媽媽過來一起住。

至少得「五個房間」

我們找房子的考量很多，一是經濟能力，不要太貴。二是房間數，最擠的狀況，至少「五間」是基本款。三是志偉堅持住北投區，他對通風、日照、透光、空氣很講究。四是志偉希望低調有隱私的生活環境，屬意靠山偏僻的地方……然而，在大台北要找一間符合以上條件的大房子，談何容易？

找房的過程中，一開始，我們多方搜尋資料，不限北投，但至少得「五個房間」。我們曾看開出六間房的房子，但都大失所望，因為空間都不夠大，而我們的每一間要睡兩個人。

婆婆的朋友有個老房子沒人住，說可以租給我們。由於是朋友，會給我們很大的優惠，但地點離孩子們的學校太遠，而且有兩個房間是頂樓加蓋，夏天一定很熱，電費負擔比較大。我們幾經考慮，還是拒絕了。

婆婆看我們找房子這麼困難，忍不住說：「你們自己住，就不要考慮我了。」志偉突發奇想：「我們租塊地，自己蓋一棟房子，如何？」這個也行不通。

我向上帝禱告：「親愛的父神，原本兩個破碎的家庭因為祢的憐憫，使我們懂得用祢的愛，重新建立一個家。我願意將這個屬神的家庭，奉獻出來，為的是榮耀祢，見證祢的恩典，讓這個家成為眾人的祝福，『在人不能的，在神凡事都能』，謝謝主耶穌，在聖經裡給我們的應許，阿們！」

我早上做完禱告，下午志偉就跟我說：「我在591租屋網看到幾間房子，我們過去看看。反正下午沒事，就當逛逛別人的房子吧！」

我們先看五個房間的，但房間太小，便匆匆離開。志偉拉我轉至第二個標示「四間」的房子，由於不符合我們的需要，我意興闌珊不想看。志偉說：「就在附近，去看看吧！」

三個驚喜

去的路上，我根本不抱任何希望，但步入那條巷子，我整個精神就來了。首先，令我驚訝的是巷子的名字，是在《聖經》裡形容信心的地方，太奇妙了，這是上帝給我的第一個驚喜嗎？

但接下來我的信心馬上受到挑戰，因為社區裡都是獨門獨棟獨院的別墅社區，像國外的居家環境，車子可以開進來，有二十四小時保全管理，安全性佳，可遠眺關渡平原，空氣清新。

我們推開柵欄，沿著石板鋪設的樓梯走上去，像是山中小屋，前院可通到後院，有花有草……我第一眼就喜歡，但心想：「這哪是我們能力租得起的？一定月租十幾萬吧！」我就當參觀別人的房子，享受一整個下午。

仲介為我們介紹一樓時，我掃視一下，光可以使用的房間就有四個了。我心想，怎麼可能四個房間全部都在一樓。到了二樓，有廚房，有客廳。「哇，好寬敞喔！」

繼續逛到三樓，這裡提供兩個獨立的空間，都有獨立分離式的衛浴設備（洗手台獨立出來，浴缸和馬桶在另一個小房間），這對老人家是最好的乾濕分離。我和志偉互看一眼，眼神流露出來的意思是：「兩位媽媽就住這裡了。」

這棟特別之處是三樓上有半層樓高的小閣樓，附有兩個房間，其中一間是含衛浴的主臥室，這下不用解釋，只剩我和志偉的房間沒著落，就是我們的主臥房了。

另一個房間可當更衣室，放我跟志偉的戲服。

再往上走半層樓是陽台和花園，可以讓喜歡園藝的媽媽充分運用。

我忍不住讚美：「每個房間都好大喔！簡直是我的夢幻之屋。」

這時，我突然停下腳步，算一算整棟樓可運用的房間，一共有八間。

「咦，資料上不是說只有四個房間嗎，但不止啊！」反問站在旁邊的仲介怎麼回事。

「湯太太，是這樣的。本來屋主刊出六房時，沒有人來看，想說現在都是小家庭，沒有人需要六個房間的房子，所以就寫四房，說不定碰巧就遇到有緣人囉！」仲介露出尷尬的笑容。

這時我心裡讚嘆，主啊，這是第二個驚喜嗎？

我們好不容易找到多間且理想的房子，不管三七二十一，先租下來再說。「就把孩子和長輩接過來一起住吧！」志偉同意。

我進一步問價錢。仲介回答我，在這附近已經算是難得的價位。

「先生，對我們來說，還是偏高了一點。我們家人多，孩子都在念書，負擔有點大，可以降一點嗎？」

沒想到，隔天仲介打電話來說ＯＫ耶！

主啊，謝謝祢，這是第三個驚喜。

這些日子，我們靠自己尋尋覓覓，歷經幾番波折，始終找不到房子，這會兒我可領受「靠人不靈，靠神凡是都行。」所以，終於找到夢想中的房子了。

邀請婆婆、媽媽入住

初期，我常會聽到兩位老人家說：「啊，我東西在房間忘了拿！」好不容易下來了，又得爬三層樓上去。

沒想到，她們爬著爬著竟然有意外的收穫。

房子找到後，我和志偉分別邀請自己的媽媽過來一起住。

婚前，我告訴志偉，如果分開照顧自己的媽媽比較辛苦，不如大家住一起，省去奔波。將來如果她們生病，彼此多一個助手。「我不希望她們成為獨居老人。」

但志偉問：「這樣好嗎？」我慢慢說服他。現在我們中年，父母老年，是最需要子女照顧的時候，更何況父母是我們永遠的責任，逃不掉，不如早一點適應跟媽媽們住。

媽媽與婆婆初相見

我從小由阿嬤帶大，習慣跟老人家相處。我不否認自己也擔心婆媳問題，但是我對上帝信心十足，並且媽媽和婆婆都是基督徒，雖然家家有本難念的經，但就是不能沒有《聖經》。

我媽媽和婆婆在我們確定結婚時，曾在餐廳見過面。我媽媽是個鄉下純樸的傳統婦女，她是那種沒有聲音的太太，每天只知道蒙著頭做家事，屬於刻苦耐勞型的，我常說她「樂天知命，守本分」。

婆婆長年在台北都會生活，是個職業婦女，在一家服務老人的機構擔任高階主管（副執行長），懂得如何跟我媽媽交談。

由於媽媽和婆婆的個性南轅北轍，因此特地安排活潑、外向的乾媽當陪客，熱絡當時的氣氛。那一次的會面十分輕鬆，沒有我們想像的尷尬。

用餐期間，她向婆婆介紹說：「我這個姊姊（指我媽）不太會說話，但把女兒教得好。Juby韌性強，丈夫過世後，能這樣帶大三個孩子，很不容易……」

當然也不忘讚美志偉一番：「你兒子這麼優秀，Juby遇到他，算是我們的幸運。」

乾媽不斷穿梭在兩家之間，頗像媒人。她說：「在信仰裡，我們本來就是一家人，如果能結婚，更是親上加親，我也不斷替他們禱告，希望兩個不完整的家庭，因為神的美意和恩典，再一次經歷圓滿和幸福，這才叫『祝福』。」

在那和諧、溫馨的用餐氣氛中，媽媽對婆婆說：「原本想說這是我女兒的命（指喪夫），謝謝你們志偉願意照顧我女兒一家。」這一句話，看似世俗，卻充滿感激。

婆婆引用《聖經》的話：「若有人在基督裡，他就是新造的人，舊事已過，都變成新的了。」她溫和而友善的握著我媽的手說：「過去的，一切都過去了。」

兩位老人家，其實很開心

那一次雙方家長的聚餐，彼此相談甚歡。所以當我邀請媽媽跟我們一塊住時，她並不擔心跟婆婆的相處，反倒驚訝志偉的度量。

「這樣好嗎？你帶著三個孩子嫁過去已經很……現在還要把我這老的帶過去，會不會太過分了？」

我說：「媽媽跟女兒住，天經地義。我們是一家人，當然要住在一起，誰不知道有阿公阿嬤、爺爺奶奶疼的孩子最好，三代同堂最幸福，讓孩子早一點跟老人相處，這是我孩子的福氣。將來是老人的社會，我的孩子會比其他孩子更懂得怎樣去服侍老人、體貼老人，這是常態。你們年紀越來越大了，我們很不放心你們住在外面。我也不用兩邊跑，也不必擔心你突然怎樣了，你不要想一些有的沒的……」

其實媽媽聽到我們邀請她過來住時，心裡很開心，只是嘴巴不說而已。

志偉同樣邀請他媽媽過來住，她也說：「你們年輕人自己住就好，我的生活習慣跟你們又不一樣，不用考慮媽媽，先考慮你們自己和孩子，我喜歡有自己的空間……」

志偉補充說：「把你們兩位老人家接過來住，是我和Juby的共識。」

經過志偉的說服之後，婆婆的反應跟我媽媽一模一樣。

糟糕，沒有電梯！

接著，我們分別帶她們看房子，「哎喲，真的不錯耶！」我們介紹了三樓為她們準備的空間，雖然住在同一層，但坪數夠大，各自有獨立的空間，她們都很滿意。

看完房子後，兩個老人家都同時想到一個問題，「糟糕，沒有電梯！年紀大了，每天要爬樓梯，好嗎？」

不過她們提出的質疑頓時讓我們感到棘手，「對啊，這樣好嗎？」我說：「人先住進來吧！」一旦人住進來自然會發展一套生活機制，如果不舒適再做調整也不遲。

若還沒住進來，家的動線尚未建立，怎麼知道好不好呢？這房子樓梯寬、樓梯間隔夠大，不會太高。我建議她們，「就扶著慢慢走。」

意外的收穫

我們家有四層樓，二樓客廳和廚房，三樓有兩個房間分別住兩位媽媽，我們住三樓半，一個挑高的空間，除了主臥房，還有一個放戲服的衣物間，四樓是有花園的透天陽台。

初期，我常會聽到兩位老人家說：「啊，我東西在房間忘了拿！」「啊，外套在樓上！」好不容易下來了，又得爬三層樓上去，或者說：「唉喲，關節真的會痠耶！」「關節受得了嗎？」

不過，因為婆婆平日都到教會工作，媽媽的生活範圍都在二樓的廚房，只有洗澡和睡

上排由左至右：小阿弟、飽妹、毛妹、寶貝龍。下排：Juby、Juby母親、湯志偉母親及湯志偉。

覺才上三樓，從三樓到二樓才一個樓層也還好，而且樓梯不多，其實沒有太大的負擔。

沒想到，她們爬著爬著竟然有意外的收穫。

某日，婆婆要去找她弟弟，我們一起跟著去志偉的舅舅家。那是一棟舊公寓，舅舅住五樓，沒有電梯。

大夥在客廳聊天，婆婆突然說：「哎喲，有件事我倒忘了。」我們趕快問是什麼東西忘記帶來放在家裡了。

她說：「不得了耶，我以前到舅舅家，從來沒有一次像今天，一口氣從一樓爬到五樓，以前爬到二樓就喘吁吁了，一定要分兩次才能爬完。吼，我今天居然這麼厲害，還不喘，我進步了耶！」

咦，真的耶。我婆婆講到這裡，我們聽了都很開心，恍然大悟。

雖然我們有很多要體貼老人家的地方，殊不知，提供他們適當的適量運動是必要的。有時候我們刻意叫老人家出去運動，太陽太大，她們不要，有風、下雨不要，感覺有點累也不要，但在家裡，老人家會到一樓看看孫子。無形中，爬著爬著，腳力就訓練出來了。

全家為阿嬷禱告

兩個老人家搬進來跟我們同住，我們沿用了孩子過去的稱謂。所以孩子跟著寶貝龍叫「奶奶」，稱呼我媽，則是叫她「阿嬷」。

阿嬷住進來之前，曾因為肺積水住院，出院後必須定期追蹤。新家靠山，幾乎在半山腰，日照好，空氣好，對我媽的健康一定有幫助。

但搬進新家是在冬天，我媽一直咳嗽，咳好久都沒停，我帶她回台大看診。沒想到醫生初步判定可能是「肺癌」。

「主啊，這是在開玩笑嗎？」我才想給媽媽一個適合她的生活環境。她平日喜歡園藝，好不容易有一個大院子，可以讓她玩花花草草，怎麼會這樣……

爸才剛走不久，我媽說：「大概是你爸叫我過去陪他吧！」

我說：「媽，你不要亂想，不是不是。」但我心裡也非常害怕。

喬遷之喜讓我沒開心多久，我整個人就陷入媽媽罹癌的恐懼中。我們聽醫生的話先住院做切片檢查。

由於阿嬷生病了，家人還來不及適應彼此，頓時之間，馬上轉移目標。全家只要聚在一起，第一件事就是為阿嬷禱告。

「阿嬤的檢查報告出來了嗎？」家裡的大大小小都關心阿嬤的狀況。

很不湊巧，醫生說：「切片取樣的部分，居然是癌細胞壞死的部分，無法正確測出來，我們的確有看到腫瘤。為了以防萬一，再做一次，好不好？」

再度看報告，好險，醫生說：「是良性腫瘤的發炎。你們要顧好，做定期追蹤。」真是太棒了。

阿嬤生病這段期間，全家做什麼，吃什麼，都以阿嬤為第一優先考量，讓她搬來新家就感受來自家人的愛，無形中也凝聚全家的向心力。

我呢？則捏了一大把冷汗，又是一個有驚無險的經歷。

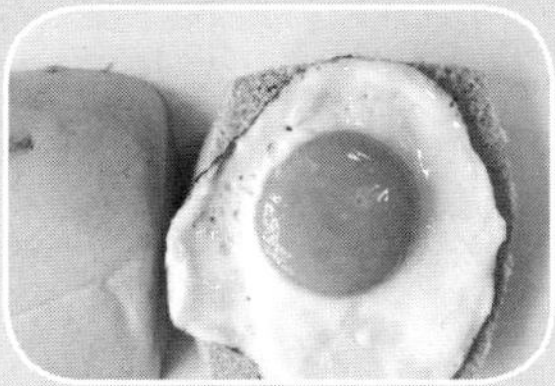

第六篇

當我們住在一起

當我們住在一起

有一次在教會，我抱著一個姊妹三個月大的小孩。有個長輩對我說：「哎喲，又生啦，恭喜！」

婆婆立刻趕過來，「沒有沒有，不可以再生，夠了夠了。我命令他們不能再生了……」

新家整理後，我們各自從原本的住處搬過來。

志偉的東西最先進來，接著是婆婆，他們兩人就幾乎把所有的公共空間擺放完成，筷子、碗盤、鍋鏟等廚房用具全部就定位，空間所剩無幾，我們在永和的東西，該怎麼辦？

我觀察婆婆的擺設，得知我們的習慣不一樣。我重視個人用品單獨使用，例如家裡的每個人有自己的杯子、碗筷，避免生病時交叉傳染，所有的用具以顏色或款式區別，但婆婆採統一用具，所以我得把我的想法跟婆婆溝通，還好這方面她沒有特別的意見，把廚房擺放的空間和規矩交由我做主。

媽媽完美的「缺點」

新家重組後，很多人好奇地問：「兩家合得來嗎？」

家裡最年長的婆婆、媽媽合得來。我媽媽有一個很完美的缺點——耳背。她的右耳失聰，只有左耳聽得到，平日在家，別人說什麼，她聽不太清楚，所以落得輕鬆。多數時間，她待在家裡打理家務和庭院的花花草草，怡然自得。

她們都住三樓，各自有房間和電視。媽媽看閩南語連續劇，婆婆看韓劇，都很享受在自己的空間裡。

我們家兩老，一個外放，一個內斂，一個會講，一個不會聽，一個在外面，一個在家裡。這兩個媽媽真的是絕配。由於媽媽不計較的個性，婆婆也很喜歡，常誇她好相處，對她多所照顧。

我們這一家。

當我們住在一起

她們兩個老人家平日會包容、關心對方。媽媽一耳聽不到，講話音量很大，不過她自己不知道，婆婆很包容阿嬤的音量，由於房間就在隔壁，婆婆晚歸時，媽媽會特地過去問她：「這麼晚了，你吃飯了沒？」

她們平日相處得不錯，只有在飲食方面稍有不同。婆婆和志偉習慣麵食，吃得嗆辣；我們家習慣吃飯，吃得清淡。晚餐幾乎由媽媽掌廚。初期，他們覺得媽媽做的菜沒什麼味道，但我說服婆婆：「年紀大了，吃清淡點，對身體比較好。」

這個建議，她倒願意接受。「說的也是，我辦公室的同事都在講，外食重油不健康。」

其實，她重視養生觀念，只是沒有機會實踐而已。慢慢吃出清淡的美味，最後接受媽媽煮的菜色。

所以，在飲食方面，由婆婆從外面帶回來一些健康的飲食觀念，媽媽負責執行。婆婆頭腦比較清楚，做事記得住。媽媽很實際，默默做事，兩人各司其職，我越加體會什麼叫「家有一老，如有一寶」，而我們家可是擁有兩寶啊！

「多出來」的恩典

不過，婆婆有時會忘記現在是一個大家庭。在生活上對寶貝龍疼愛有加，長久以來，婆婆就是這樣對孫子，「雨傘要帶喔！外套要穿喔！外面涼囉，要注意身體喔！」噓寒問暖。

她會在吃飯時，直接夾菜給湯寶貝龍，無視於其他孩子的存在。在餐廳點菜時，她會說：「一定要點『乾煸四季豆』，寶貝龍最愛吃了。」其他孩子則安安靜靜的，你看我，我看你，默不出聲，有點尷尬。

我後來跟孩子說：「這難免啊！換成阿嬤點餐，也會以你們的喜好為主。」另外，寶貝龍下課回到家，婆婆常會端水果給他吃。「任何不愉快的事，只要易地而處，就會有答案。」

坦白說，要做到對待兩家孩子「公平」，很難。雙方對自己的孩子有一點自私是正常的，如果做到不自私、很公平，我都視為「多出來」的恩典，很難得。

久而久之，大家住在一起有了感情，婆婆的態度也慢慢改變。例如，早上會幫所有的孩子烤麵包，而且逐漸的注意到其他孩子，例如飽妹聽到奶奶回家的腳步聲，會立刻跑到客廳幫忙提皮包、準備脫鞋，奶奶受寵若驚。「哇，有個孫女真好，真可愛、真貼

當我們住在一起 228

心！」婆婆晚餐後在房間看電視，飽妹會進去陪她聊天。婆婆有些小公仔和玩具都會留下來給她。

太糗，只能傻笑以對

至於我們有沒有婆媳問題呢？生活習慣、教育方式不同或多或少都有。不過我這人大刺刺的個性，做事說話很直接，沒心眼，不掛心，很多事情自己也忘了。忘了，就表示我不擺在心上。

可是唯獨有件事，我很介意。一般人結婚最常收到的祝福是「早生貴子」之類的。我就常聽朋友說，「我婆婆要我生一個男的……」「我婆婆說要給她孫子添一個兄弟姊妹……」「唉，我就是生不出來，能怎麼辦？」我的問題剛好相反，婆婆叫我不要生。

新婚前夕，有朋友半開玩笑兼捉弄的說：「以後你們家一定會出現，『老公，你看，你的小孩和我的小孩聯合起來欺負我們的小孩』的畫面，想到就好笑……」

聽到這一類的話，我們心裡很甜蜜。每個女人都希望為自己深愛的男人生一個孩子，但我深知老蚌難生珠，所以這一類的話，我聽聽就算。

不料，有一次在教會，我抱著一個姊妹三個月大的小孩，大家輪流逗著他。有個長輩不明就裡走過來看了一眼，對我說：「哎喲，又生啦，恭喜恭喜！」

婆婆立刻趕過來，「沒有沒有，不可以再生，夠了夠了。我命令他們不能再生了，孩子這麼多，生活負擔重……」

由於她的反應很大，所以我很糗，只能傻笑以對，但心裡難免犯嘀咕，「媽，我知道您不想讓志偉壓力這麼大。我懂，不會再生了。」

但我心裡多麼希望婆婆不要把這個問題在外面反應出來，或者帶點幽默感或另一種含糊講法帶過去，譬如說：「這些孩子已經讓他們夫妻夠忙的了，再來一個小的，豈不更忙？」

公平、不偏袒的婆婆

不過，即便有這些問題，我從來沒頂撞過婆婆。其實，婆婆跟我一樣是支配欲強大的獅子座，兩人真要發威，也很驚人。但我們都收斂脾氣，這歸功於我們有同樣的信仰。信仰裡，教導做晚輩的要「順服」長輩，順服會帶來「蒙福」，意即承受福氣的意思。如果順服能讓這個家的氣氛更和諧、更好，讓生命帶來增長，擴張你的胸襟和度量，為何不呢？

當我們住在一起

過去，我是一個不順服的人，很有自己的主張。經過這段學習，我發現順服自己的老公和長輩會帶來很多好處和正面的影響。

信仰裡的愛，也啟示婆婆愛護我。我們住在同一個屋簷下，當夫妻發生爭執時，她做到公平、不偏袒。

有一次，我跟志偉起了爭執。由於她的房間離我們的房間只有半層樓的距離，她聽到聲音就進來了。

我心裡嘀咕：「好啦，你多了一個靠山。現在二比一，你贏了！」

沒想到，婆婆牽起我們的手坐下，「來吧，我們做禱告！不管誰對誰錯，一起在神面前認罪。神給我們這麼好的家，這麼愛我們，神的恩典何其多，你們兩個怎麼會為了小小的事情吵起架來？你們是要阻撓這個家得來不易的幸福嗎？」

婆婆要求禱告，及時讓我們脫離爭執的氛圍，拉到另一個平和的境界，提醒我們活在恩典裡。

從那一次起，只要我們夫妻有人音量稍微大一點，另一個人就會說，「小聲一點，免得媽又要進來禱告了。」

三比一

毛妹和小阿弟做家事時，寶貝龍都在念書。
毛妹不平，「難道會念書就比較了不起嗎？」

四個孩子的房間都在一樓，寶貝龍和小阿弟一間，毛妹和飽妹一間。
兩個孩子共用一個房間感覺很公平，但志偉擔心兩家孩子呈現三對一的狀況，對獨子寶貝龍很不利，例如我們外出去哪裡或用餐吃什麼都採用表決。
以前他們家以寶貝龍為主，他說什麼就是什麼，現在一旦動用表決，志偉會擔心答案不如寶貝龍所願，擔心寶貝龍的權利被其他三人分掉，所以一開始會袒護他，怕他被欺負。

有時候寶貝龍單獨玩，志偉怕他被孤立，就叫小阿弟過去陪他，希望增加兩兄弟更多的互動。

其實，我家的三個孩子都很隨和，他們沒有特別的主見。常常我孩子的答案是「無所謂」，什麼都好，多半也會尊重寶貝龍，甚至就以他的意見為主。

後來相處一個多月，志偉擔心三比一的疑慮慢慢消除，反而我們家的孩子有一比三的不平衡感。

先愛，再要求

結婚初期，我要求我的孩子分攤家務，但寶貝龍例外。

我對寶貝龍的態度很特別。因為我背負著「後母」的角色，在傳統社會中，「後母」的形象一向不好，我還在摸索如何扮演好這個角色，尤其寶貝龍以前在家裡不需要做家事。我不希望他認為爸爸再婚才造成他必須做家事的誤解。

所以毛妹和小阿弟做家事時，他都在念書。

毛妹不平，「難道會念書就比較了不起嗎？」

這讓我的孩子們認為我偏心了，因為他們要洗碗，寶貝龍不用。我要求他們浴室用完，要整理乾淨，從不要求寶貝龍做。他們玩手機，我會罵，但寶貝龍玩手機，我不敢罵。我的孩子說話冷淡，我會生氣，但寶貝龍對我冷淡，我仍擺笑臉。寶貝龍可以耍賴，但他們不行……

毛妹多次抗議不公平，甚至酸我熱臉貼冷屁股，故意「討好」寶貝龍。

我把三個孩子叫到跟前來。「媽咪不是偏心，而是不能一開始就在他面前擺出一個『媽』的樣子，而且我要顧及奶奶的心情，畢竟寶貝龍以前在家裡真的什麼都不用做，我必須先跟他建立和諧的關係，至少讓他相信我愛他，愛得足夠，我才能要求他做家事。你們就當湯寶貝龍是我現在剛生出來的小baby吧！」

半年過去了，平日習慣指揮弟妹的毛妹就自告奮勇分配家務。她一視同仁，連小二的飽妹都要分攤家務。這時寶貝龍也接受，沒有半句怨言。

寶貝龍開始做家事

但寶貝龍的確不會做家事，毛妹洗碗時，就叫他過來看。

隔幾天，她說：「ㄟ，湯寶貝龍，今天換你囉！」一兩句話就把分攤家務的事擺平了。

寶貝龍很習慣「跟著」，姊姊弟弟做什麼事情，他就跟著做。我發現同儕之間的影響力勝過父母親。

剛開始，奶奶仍然捨不得，她會站在旁邊，看寶貝龍洗碗，忍不住要幫忙，怕他洗不乾淨。

我說：「媽，不必一直幫著他做，他也需要長大呀！不如現在放手，否則將來很辛苦。」婆婆經過一段時間的適應，現在也習慣看到孫子做家事了。

學會分享

我發現寶貝龍服從毛妹，有「多了一個姊姊」的新鮮感，很多事情無形中會依賴姊姊，例如談到音樂，會傳一些音樂檔案給姊姊聽，也會跟班上同學談論這個會自彈自唱的姊姊，還拿照片給他們看。寶貝龍邀請同學到家裡玩，也都會介紹毛妹給他們認識。

其實，多了毛妹這個姊姊，對寶貝龍有很大的幫助，因為他這個年紀已經進入青春期，開始對異性產生好奇。

他喜歡聽姊姊講女生的事，慢慢進入她的話題，有時會問，「這種事，你們女生會怎樣想？」無形中，從姊姊這裡得到很多關於女生的資訊。

寶貝龍透露，有個女生常找他聊Line。「是不是表示她喜歡我？」「如果你們女生喜歡男生，會做出怎樣的舉動？」寶貝龍覺得這些問題都可以問姊姊。他班上同學也知道他多了兩位新姊妹，覺得好特別。

這個新家裡的生活模式也和寶貝龍過去的生活經驗不同。以前他的東西不需要跟別人分享，但現在他上有姊姊，下有弟妹，這對他來講是全新的狀態。

時間一久，寶貝龍也漸漸習慣家裡多了三個兄弟姊妹，現在他一回家，都會先問其他人回來了沒有。

以前一到假日，寶貝龍都會外出找同學玩，現在不用了，有時直接拉弟弟、姊姊一起玩撲克牌、大富翁，或者他會邀請朋友到家裡來。

寶貝龍跟小阿弟住同一間。剛搬新家時，小阿弟仍住宿，寶貝龍單獨住的那段期間，他都很期待週末小阿弟回家，不但有伴，而且可以聊很晚。半年後，兩人同一間房，交集越來越多。

寶貝龍很喜歡分享YouTube的影片給毛妹和小阿弟看，尤其美國搞笑影片。他們兩個一高一矮，一胖一瘦，就各自扮演其中的角色，一起模仿影片人物，搞得大家哈哈大笑，非常有趣。

尤其後來大家一起打掃客廳、收拾東西、整理環境、一起度過颱風夜、一起看跨年煙火、一起挨罵……經歷相同的事，他們自然會發展出一套人際關係。

一起玩音樂，嗨翻天

不過，大家剛開始一起住時，兩家孩子並不太融洽。我家的孩子們並不喜歡寶貝龍。他功課很好，常會問毛妹一些問題：「你會嗎？」毛妹坦率的回：「我不會。」毛妹就跟爸爸說，她覺得寶貝龍會不經意的流露出會念書的優越感。

志偉說，他瞭解自己的兒子有這狀況，「那是因為你們會音樂，但寶貝龍不知道該拿什麼跟你們比較，他總不能秀自己的成績單吧！所以，只好談功課，滿足自己小小的虛榮心。」

有一次，小阿弟和毛妹在唱歌，寶貝龍就在後面吹B-box（用嘴巴製造聲音的節奏口技），原來他會口技，他們很訝異。

原本毛妹和小阿弟兩姊弟要一起錄製音樂影片，這時就主動邀請寶貝龍配樂，三個年紀相仿的孩子玩弄音樂嗨翻天。

毛妹認為，寶貝龍過去一直被父母要求以念書為主的個性可能被壓抑了，跟他們在一起，內在那個優質的個性完全被激發出來。所以，她以姊姊的身分引導寶貝龍：「有事情要說出來，不要胡思亂想喔！」寶貝龍正經的回答：「是！」

我覺得寶貝龍變成熟了。在大家庭裡，他調整自己的態度，選擇以「音樂」跟他們交朋友。如果用「討論功課」的方式，我的孩子會有壓力。

現在的寶貝龍變得比較活潑，還會搞笑，人緣也越來越好。我的三個孩子改變了他。

孩子間的良性影響

小孩的關係變好，也增進我和寶貝龍之間的關係。

大家一起吃飯時，毛妹講話有一個梗，我就繼續接那個梗。寶貝龍覺得滿有趣的，哈哈大笑，對我講話的口氣也比較親近了。

我偶爾會唸他們房間太亂。「ㄟ，你們兩個男生，這房間像什麼？該打掃一下了吧！」

兩人不會感覺被罵、不舒服，因為我沒有指名道姓，反而讓他們多了同甘苦的同袍之情。

這兩個男生同齡同屆不同校（寶貝龍大小阿弟四個月），都是個性單純，脾氣溫和的

由左至右：小阿弟、寶貝龍、湯志偉、飽妹、Juby及毛妹。

小男生。不過，小阿弟很早就學會獨立和自我管理，他國中住宿，當過房長，會告訴寶貝龍：「你掛衣服時，長袖要往前交叉，才不會亂晃，櫃子打開來看才整齊。」

寶貝龍平日幽默，遺傳爸爸愛講冷笑話的功力。他們互相影響，寶貝龍會注意整潔，小阿弟變得開朗許多。

以前，我們家三個女生、一個男生，小阿弟的衣服都是單獨買。現在多了志偉和寶貝龍，三男三女，買男生們的衣服，就像開團購一樣，我只要買不同花色即可，數量一多，加上打折，平均下來的單價便宜很多。

某個颱風天放假，爸爸怕他們無聊，開車載三個較大的孩子一起去看電影。決定影片時，單數很方便表決，結果二比一，毛妹和寶貝龍看法一致，就選他們要看的電影。

志偉也不害怕表決了，因為他兒子常常是贏家呢！

省錢大作戰

志偉很省。每遇雨天，就把桶子拿到屋外裝水。「以後上廁所，就用雨水沖馬桶喔！」

有一次，三更半夜我起來上廁所，睡眼惺忪中，順手按了沖水馬桶，回到床上，志偉問：「剛剛怎麼不用桶子裡的水沖呢？」

我們家的經濟大權不是由我掌控，也不是婆婆，而是志偉。

志偉很省，我婚前就知道。他曾聊起自己喜歡某樣電子產品，緊盯相關訊息，從未上市到上市，一年、兩年……他都沒出手買，原因是價格太高，直到它淪到二手市場，價錢下降了，他才出手，但同款新機型也已經出現了。

我也不是個浪費的人，但相較之下，簡直小巫見大巫。

規定衣服三天洗一次

有一次，我清洗餐盤，他就站在我旁邊。我心想：「哇，這男人真體貼啊！連洗個東西，他都願意陪伴。」

沒想到，他在我洗完第一個鍋子放妥，接著拿下個鍋子的空檔，若無其事的伸手關掉水龍頭。我心頭一愣，才幾秒而已，但他覺得浪費了。

婚後，我們搬入新家，正值冬末春初之際，兩個月結帳一次的水電費高達八千多。他皺著眉頭說：「如果是夏天，用電量大增，那還得了？」

某日，他慎重其事的跟我說，我們家有四層樓，人多，花費大，「如果每個人省一點，八個人就省八點。一年省下的數字，一定很驚人。」

我想也對，節省是好觀念，願意配合他的想法實施「省錢大作戰」。

志偉做事有計畫，也有方法。他省水，每遇雨天，就把家裡大大小小的桶子全部拿拿到屋外裝水。「以後上廁所，就用雨水沖馬桶喔！」

有一次，三更半夜我起來上廁所，睡眼惺忪中，順手按了沖水馬桶，回到床上，他問：「剛剛怎麼不用桶子裡的水沖呢？」
用電方面，我們家的樓梯間和庭院原本使用感應式電燈，有人經過，燈才會亮。後來，他索性全改太陽能燈，一口氣買十幾盞。
他每天早上起床的第一件事，就是把這些太陽能燈拿到外面（曬）吸收太陽光，晚上就會亮。簡單的說，白天充電，晚上照明。
傍晚時分，家裡的庭院、樓梯間、廁所、室內、客廳……都亮著鵝黃色的太陽能燈，一顆顆圓圓的鑲在牆壁上，像半顆球，煞是另一番景象。它的亮度有時可以撐到隔天。好幾個早晨，我看它努力發著微弱的燈光，守護我們到天亮呢！
但有一陣子天氣不好，不是陰天，就是下雨，太陽能電燈無法發揮作用。
婆婆上樓時發現沒燈，得小心翼翼的走，忍不住嘆一口氣，「唉，我從來沒跟你們住過，原本以為家是最放鬆的地方，沒想到卻是最緊張的地方。」
令人不滿的，還包括志偉規定衣服三天洗一次。「大家把衣服集合起來，一次洗完。」
婆婆以前幾乎天天洗，很不習慣，反問志偉：「你怎麼省成這樣？會不會太過分了？像糾察隊一樣，一舉一動都要管？」
婆婆的不滿逐漸累積，她覺得生活很有壓力。某日，她語重心長的跟兒子說：「媽媽一個人住慣了，不如我搬出去吧？比較輕鬆。」

她考慮和朋友一起到外面租房子，連室友都挑好了，顯然是來真的。

「我覺得你嫁錯人了！」

這下，志偉開始緊張了，不斷跟婆婆溝通自己的觀念。

其實孩子們也不適應。在夏天，他規定，只有兩位老人家可以洗熱水，其他人都要洗冷水澡。我看得出來他們心裡不舒服，尤其是毛妹。

話說，毛妹的頭髮長及腰間，多且濃密。她每天排練、每天流汗、每天洗頭，由於表演角色的關係，老師不准她剪頭髮，而毛妹不習慣先用乾毛巾擦，以至於每次吹頭髮要花半小時。

每當吹風機「轟轟轟……」的聲音傳到志偉耳朵裡，他就嘀咕著：「唉喲，夏天這麼熱耶，一定要吹到全乾嗎？」

我以前不會管這個，現在請她多注意。

她不耐煩了，放下吹風機，「嘖」的一聲，「你們連這個也要省，我吹個頭髮，也不行嗎？」

志偉是一家之主，他的做法，我只有支持。

我說：「過去，我們沒有養成好的節省觀念，現在才開始做，已經有點慢了。我們早該有正確的觀念，而不是一味的怪爸爸……」

她很不滿，「你自從嫁給爸爸，我們做什麼事，都要受到限制。你們怎麼變得這麼小氣啊？」

這樣的爭執發生好幾次。有一次，她意氣用事脫口說出重話：「我覺得你嫁錯人了！」

我本來想當場發飆的，但那股怒火升起來，又隨即降下去。「你現在講『我嫁錯人』，我一點都沒有感覺對你有愧疚，而且，你讓我感覺不到，我們是坐在同一艘船上，共體時艱的人。老實說，我也在適應，可是你用這樣的罪名來譴責我，完全否定我的能力跟眼光。這是你譴責我的目的嗎？」

我怒不可遏，連珠砲的說了一大串。

她大概感覺我受傷了，音量軟弱下來，「我又不是那個意思。」

毛妹大剌剌的個性跟我年輕時很像，做事、說話完全用情緒。不過我們母女的脾氣一向來得急，去得也快。

毛妹寫給志偉的信

毛妹有心事，喜歡寫字條溝通。過幾天，她寫了一封信給志偉。她雖然外表看起來很幼稚，但心思比同齡孩子成熟懂事。〈給爸的一封信〉內容如下：

我知道我最近支出的費用最大。說真的，每一次聽到又有錢要繳，我真的很沮喪，嘴裡也會咕噥著：「怎麼這麼貴？」

跟別人出去吃飯，我也總是很明顯地表達我的立場——有沒有便宜的？在同學眼裡，他們已經認定我是「省錢」。我也認為這沒什麼不好，只是久了，會有壓力。就像你說的，你之前說在教會和那些比較富有的人相處會有些壓力，但那是教會，你無法逃避，在學校我，也是無法躲避。

爸，我承認最近晚歸，是因為我想逃避。我以為家是最安全、最溫暖的地方，可是如今我感到壓迫、束縛。每次開口要錢，我都裝酷，但我真的不喜歡開口跟你們要錢，因為只要一開口，你的壓力就來了。我清楚你們的壓力，但我認為與其因為「錢」，使得整個家沒有好的氣氛，現在更應該做的，就是帶起整個家對主的信心。

爸媽，我希望你們做個禱告，把彼此的情緒收起來。這個家需要你們，更需要主。我也會在一旁陪伴著你們，縱然我不是個一百分的好女兒。

Matilda（毛妹的英文名字）

在家裡，志偉像董事長，負責規劃大方向。我像總經理，負責執行。這件事就由我跟毛妹溝通。

我說：「爸媽允許你們跟我們有不同的聲音，但我們做父母的有管教你們的立場。這樣好不好？我們全家有個標準準則——《聖經》，按《聖經》執行，凡《聖經》有教導的，我們就做，《聖經》裡沒教導的，我們就不做。」

《聖經》裡有句話說：「我是好牧人，好牧人為羊捨命。」意思是當個好牧人必須要犧牲，有些動物要鞭打，牠們才會前進，但羊膽小，若鞭打，牠們會四處亂竄，越難管理，所以羊不能鞭打，而靠帶領。身為帶領者，方向感必須正確。牧人走哪裡，羊群跟著走。

「我們做父母的會做到『以身作則』，你們就『有樣學樣』，這樣可以嗎？」她說好。

我舉例，爸媽回到家不開電腦，你們就不開。我們在飯桌上不滑手機，你們就不滑，「我們省錢，你們就不要浪費」，我特別強調這一點，「因為這個觀念會為你們和下一代帶來好處。」

至於「吹頭髮」這件事，「我覺得你頭髮太多了，又是自然捲，吹久其實傷髮質，不如先用乾毛巾擦乾，夏天擦至八分乾，其餘的，讓它自然乾。冬天再用吹風機吹到全乾，好嗎？」她願意照著我的話試試。過一陣子，她也覺得不錯，這件事就算解決了。

過去孩子們覺得他們的生活因省水省電處處受到控制，曾不解的問，「為什麼要這樣虧待自己？」

我說，與其說我們要過「好」的生活，不如說開始做「對」的事。

七、八月的電費，竟只有兩千多

毛妹的問題解決後，我找大家都在的場合，故意問：「你們對爸爸這樣的『省錢大作戰』，會不會不習慣？」

群起攻之，「會啊！」「很不習慣。」每個人都叫苦連天，敢怒不敢言。

我說，「我也是耶，我覺得那不叫節省，而是小氣。」

說到這兒，大家點頭如搗蒜，「可是喔，我覺得爸爸另外的目的是在推動居家節能。節約能源可以減少對環境的破壞，這也是愛地球的表現。」

我以「太陽能燈」為例，它具有環保、安全、無污染……等優點，「尤其，我們每個月的水電費一直在下降喔！」

婆婆曾把使用「太陽能燈」的省錢方法告訴朋友。他們都贊同志偉的做法，所以也晉他講話：「太陽能燈放在洗手台，還真好用。一進廁所，連開燈都不用，燈就亮在那兒，真方便。」她認為現在人講究的是環保和養生，大家積極做環保，從家裡開始實施，等於給後代更好的環境。

婆婆接受志偉的做法後，就不再談搬出去的事了。

台灣四、五月開始變熱，不過，自從志偉啟動「省錢大作戰」後，我們家透著清涼山風，整個夏天都不需要開冷氣，七、八月的電費居然只有兩千多。

我們把這驚人的消息告訴大家，每個人都張大嘴巴，覺得不可思議，感覺共同打了一場勝仗。

婆婆說：「對耶，如果一個人節省，看不出成效，每一個人都這樣做，真的可以省很多錢耶！」

我接力說：「千萬別小看這筆錢，我們省下來，可以當全家旅遊基金，或者到餐廳享受美味的一餐……」

志偉非常有成就感，以此津津樂道。

「省錢大作戰」宣告成功。

婆婆友人來聚餐

我擔心她們會拿我跟志偉的前妻比較，無形中，給自己很大的壓力，於是就在心裡給自己打氣：「我不能輸，我一定要做好。」

搬家後沒多久，婆婆就說，她有一群朋友要到家裡聚一聚，熱鬧熱鬧。我對婆婆上班地方的義工長輩都熟，尤其她們說是為了我們家的祝福禱告而來，我非常歡迎。

但接下來，我的煩惱接踵而至。

婆婆透露：「她們要帶菜來自己煮……」那麼會有一群人擠在廚房，可能不方便喔。

「我看，還是我們買菜好了。」
後來她們改變主意，說一人買一點來就好。這點子不錯！
過幾天，婆婆又說，「這些人又各自招兵買馬，會有二十幾個人來喔！」天啊，二十幾個人？
我一聽，非常焦慮，馬上把原先收進倉庫的杯子，全都拿出來清洗。
「媽，請問有人會喝咖啡嗎？我可以煮。」
「還是要泡茶呢？那就要先把茶具拿出來。」
「她們喝花茶嗎？我有茶包。」
接著張羅二十幾雙室內拖鞋，但這些要從哪裡找？我一一打電話跟朋友借。
我戰戰兢兢，一天比一天緊張，由於是長輩，我想得很多。對，該調整廁所放衛生紙的地方？總不能讓她們上完廁所，還要轉身抽衛生紙吧，萬一扭到腰，可不行，於是改放到右前方，讓她們伸手可得……
最重要的是，「二十幾個人要吃什麼呢？」老人家不能吃太硬的食物，不能買刺多的魚，湯得是煨的煲湯……雖然她們說會自己帶，但我這當主人的，還是要準備啊！

「驗收」新媳婦？

那幾天，我有一股莫名其妙的情緒，總想她們一定是站在婆婆好姊妹的立場來「驗收」我這個新媳婦的，那麼，會有二十幾雙眼睛盯著我看，感覺突然多了二十幾個婆婆，想來就恐怖。

我還擔心她們會拿我跟志偉的前妻比較，無形中，給自己很大的壓力，於是就在心裡給自己打氣：「我不能輸，我一定要做好。」

然而，那種莫名其妙的想法把我變得很急躁。短短不到一個禮拜，我瘦了兩三公斤。

當天，七點不到就從床上彈起來，以為自己是最早起的，但一到廚房，婆婆已經煮開水，媽媽也在洗菜了。

我很羞愧，好像新嫁娘隔天比婆婆晚起，來不及煮飯似的，頓時手忙腳亂，好在婆婆是個開明的人。「沒關係，慢慢來。她們不會這麼早到。」

婆婆一刻不得閒，開始聯絡她的朋友。「你們現在到哪兒了？知不知道地方？」因為我家不好找，要走點山路。

我在廚房忙，耳朵也拉長收聽「最新訊息」，聽到好像有幾輛車要先到了。不一會兒，樓下傳來聲音，「哇，你們家好漂亮！」

這時我跟媽說：「你顧爐子上的東西，我要出去招呼了。」她說：「好！」廚房她會負責。

我整裝備戰，像導覽員，「嗨，張媽媽、李媽媽、陳媽媽、王媽媽……你們好，歡迎你們來。」

婆婆的朋友都很疼我跟志偉，熱情的說：「Juby啊，結婚變漂亮囉！」「謝謝。」「今天要打擾你們喔！」「哪兒的話。」

她們說話的音量、笑聲都非常響亮，感覺是全世界最精神抖擻的一群老人。「哇，你們家還有茶花啊！」她們從花園開始讚美，我就從這裡介紹起。

發揮過去當導遊的精神

「對對，沒錯，我們家還有桂花，旁邊是松樹……」我發揮過去當導遊的精神，一一說明，「我們未來想在這裡規劃菜園，種點蔥……」她們聽得津津有味。

「這裡空氣好好，通風、日照又好……」

「太陽夠大，曬衣服一下子就乾了，不像我家濕氣重，曬好幾天，都還不乾……」

然後到了二樓。「我們的客廳比一般家庭大。」這是二十幾年的房子，以前人蓋房子天花板都比較高，住起來比較舒服。我們家雖然只有四層樓，但感覺有五、六層樓高。

「哇，廚房也很棒耶，如果這是我們家，那該有多好！」

「哎喲，湯媽媽，你要享福了。」

「這裡像皇宮啊！」

「這地方大，簡直就是豪宅呢！」我婆婆聽得心花怒放，開心得不得了。

不過，婆婆還是表現了傳統婦女的謙卑，「哎喲，沒你們說的那樣。你們不知道這爬樓梯啊，爬得我好累喲！我這膝蓋、這腰啊受不了！」

我趁機插話：「對對對，我媽爬得很辛苦，這個以後我和志偉會想辦法改進。」

到了三樓，我介紹說：「這就是我媽媽的房間，婆婆和我媽都有各自獨立的衛浴設備，乾濕分離……」

她們聽了又發出讚嘆：「哇，這個真好耶，我們家喔浴室濕答答的，你們家考慮得好周到喔！老人家就是要住這種房子。」

那天，客人分三梯次來，我就像連續帶三團，從頭到尾介紹三次，而且越講越順越流利。

接近中午，我媽在廚房也忙得差不多，大家要吃午飯了。

不過，我接了一個通告，打點妥出門前說：「不好意思，接下來要靠你們自己啦，但是你們一定要等我回來喔！」我打算快去快回。

我衝去錄影棚，由於一早就介紹三團，情緒還在亢奮中，連經紀人都覺得我不對勁，頻頻問：「你今天怎麼了，感覺好嗨喲！」我就把早上的經歷說了一遍，錄完馬上飛奔回家。

回到家，她們都還在，一看到我，大聲的說：「哇，你可回來了，趕快去吃飯。」而且留了一堆菜給我。

這下我才知道，午餐期間，很多媽媽說：「這道菜，不准再吃，收起來，留給Juby。」

飽妹吃紅

午餐過後，有人在客廳看電視，討論連續劇。「你們家這電視太棒了，我都不用拿老花眼鏡出來了。」因為是七十吋的大電視。「這如果在我家，我多開心啊！我家電視可小的哩。」

另外一種聲音從下面車庫傳來，但我家沒有麻將桌啊！原來是一群打衛生麻將的婆婆們，自己帶麻將來。

我下去看，她們把報紙鋪一鋪，拿出沒用的桌子，用曬衣夾在四角邊夾起來，自己帶牌尺，就這樣玩起來了。

我說：「哎喲，怎麼好意思，我都沒準備啊！早知道，我就跟朋友借，你們就不用這樣拎過來啦。」

她們說：「沒關係，我們方便得很，走到哪兒，打到哪。」

但我仔細一瞧，「咦，怎麼旁邊還有咖啡、點心、飲料，誰準備的？」

「我們可是要大大的誇讚你最小的女兒。她太厲害了，年紀這麼小，就會煮咖啡給我們喝！」

我只好說：「可能曾經看過我煮咖啡，有樣學樣啦！」

我到樓上問飽妹怎麼回事。原來她當起招待，還拿出紙和筆，問每個奶奶的需要，要加糖嗎？要加奶精嗎？還是喝茶？一一記下，對照點單，一杯一杯奉上，貼心有禮。

我聽了，也稱讚飽妹一番：「你好乖、好棒，這樣幫媽咪做事，謝謝你。」

沒想到飽妹說：「我很喜歡服務她們耶！這些奶奶好好喔，她們都有給我錢耶！」

「什麼，你拿奶奶們的錢？怎麼可以呢？」

「是她們給我吃紅的錢。媽咪，你看，我賺了兩百塊。我很喜歡她們來我們家耶！」

飽妹從小由阿嬤帶大，所以很適應跟長輩們在一起。

另外，不喜歡看電視和打麻將的，有的在廚房泡茶，有的就到附近走走。我們社區的公園有為老人家準備的運動器材，例如拉筋設施，我就叫小朋友當義工陪著他們走。

「你們家的孩子好能聊喔，再聊下去，你們家的祕密都被我們知道了。」尤其飽妹簡直把老人家當知己，完全沒有防備，什麼事都說出來了。

我怎麼想歪了呢？

我雖然進進出出、跑上跑下，整個人像陀螺一樣，但看到每個人笑哈哈的享受我家皮附近舒適的環境，我好安慰。

志偉也是，他雖然累，但忙得暢快。

最開心的應該是兩位老人家，因為她們彼此年齡相近，一直聊天，連我媽媽都交了不少新朋友。我頓時覺悟，媽媽們無非就是需要一些同伴，偶爾家裡辦一次老人聚會，也不錯耶！

她們一大早來，吃完晚飯後才回家。送客時，我特地說，「你們要常常來，陪陪我婆婆、我媽媽。這裡靠山，空氣好，隨時都可以來，要睡覺也行。」

她們高興的回：「來你們家像度假一樣。」

這一天結束了，我原本的擔心都沒發生，她們完全是想來姊妹淘的家熱鬧熱鬧，完全沒有想要給我這個媳婦評分來著的，都是我多想。

我忍不住笑自己：「你在慌什麼？」她們是一群這麼有活力的老人，對我這麼好，我怎麼想歪了呢？

過了一年，婆婆說：「下班前，大家還在聊那天在我們家聚會的情形呢！」

毛妹的悄悄話

毛妹坦言，剛開始看寶貝龍很不順眼。

「直到有一次，我跟我媽吵架，在我極度沮喪時，他過來安慰我，一直陪在我身邊。那一次，我超感動。」

志偉參加舞台劇《同學會》時，念藝術表演的毛妹，班上有位同學到現場擔任引導志工。他們跟毛妹說：「你爸、媽人都很有趣耶！」「你爸爸演的角色好可愛喔！」他們都知道，我們的家是由兩個單親家庭組成的。

有一次，她帶同學到家裡玩。「哇，你家好多房間，好像城堡喔！」「對啊，我爸媽花了很多時間才找到的。」

那天，志偉和寶貝龍都在家。毛妹也向他們介紹「爸爸」和「弟弟」。「比起以前的單親家庭，我更喜歡現在的家。」

「真的喔？」

「對啊，因為人多，好熱鬧啊！」

毛妹自爆糗事

志偉經過她們聊天的客廳，毛妹用眼神示意大家坐好。等志偉離開後，她自爆糗事。

「我爸、媽剛結婚時，有一天，我在客廳吃早餐，一隻腳折疊在椅子上，另一隻腳跨過旁邊的椅子。我爸爸從我背後走過去，沒說什麼，但我媽看到我爸的眼神，就偷偷的跟我說，『把腳放下來，女生坐要有坐相。』

「我說：『這是家耶，家應該是最放鬆的地方吧！』

「我媽說：『不一樣了，這家有很多男生，端莊一點。』」

幾個女生哈哈大笑。「你們知道的，我個性就這樣啊！我爸爸沒有女兒，想像女兒的形象是溫柔體貼，會撒嬌。他覺得女生坐的姿勢要像淑女，偏偏我和我妹都不是。

「但我爸爸是默默做事的人，不張揚。對孩子的關心也是默默的。在季節交替的時間，入睡時還很熱，但我們住在半山腰，夜晚很涼，他睡前會到各個房間看看，關電風扇、關夜燈、關窗戶……」

毛妹和志偉之間的「祕密」

「我媽剛介紹新爸爸時，他給我的第一印象是『內向、安靜』，我還跟我媽說，『他感覺很無趣耶，以後我真的要跟這樣的人一起生活嗎？』但慢慢的，我發現他有一些優點，反過來會想更認識他。

「他很穩重，很務實，會教我如何規劃自己的未來。有一天，晚飯後，大家在客廳吃水果，他就說，已經幫我問『北藝大』的事了。問一些相關科系該怎麼考，哪些科目占的比重比較多……我嚇了一跳，沒想到他這樣默默的關心我。他以前說過，『我不希望任何我愛的人進演藝圈，因為很辛苦。』可是我與生俱來就喜歡表演藝術，在這方面特別有天分，他雖然很矛盾，但也接受了。

「原本我只想考跟vocal（歌唱類，如古典、爵士）有關的，但台灣目前的大學沒有這樣的科系，爸爸覺得，會唱歌的人，根本不要侷限自己要學什麼，我被說服了。我最感動的是當我爸和我媽聊到戲劇時，我爸說，我是這四個孩子中最靠近他專業的人，將來可以在演藝圈多幫我一些，這使得我們的感情特別好。

「今年，觀光局不是邀請我們去日本表演嗎？我覺得參加這活動非常有成就感，每天都從日本打電話回台北，跟爸爸分享活動的點點滴滴。回到台北之後，我爸也分享他以前在『青訪團』的經驗。其實，我跟爸爸平常也沒有很多對話，因為不用多講，我們都懂對方。」

謝謝寶貝龍「懂」她

我靜靜的聽著毛妹和同學之間的對話，好感動。不知道他們父女之間有這麼多的「祕密」。然後寶貝龍出來露了一下臉，毛妹介紹這位新弟弟給同學認識，彼此「嗨」了一聲。

毛妹坦言，剛開始看他很不順眼。「直到有一次，我跟我媽吵架，在我極度沮喪時，他過來安慰我，一直陪在我身邊，還說：『他們大人就是這樣。』細數過去自己跟爸爸起口角的點點滴滴。那一次，我超感動。我以前覺得他是個幼稚的男生，但那一次，我覺得他變成熟了，是一個可以談心的對象，原來我們可以聊心事，現在是好朋友。後來，我特地寫一張卡片，謝謝他『懂』我。

「這件事過沒多久，他因為玩手機跟爸爸起爭執，我就過去安慰他。我覺得跟他已經培養出革命情感了。我們家有個潛藏的意識形態，就是『大人』和『小孩』各一國，偶而雙方會上演『對立』的戲碼，像我跟我媽吵架時，爸爸也會不知不覺地站在媽咪那一邊……」

她的同學談到某人的家庭跟我們一樣，好像社會上兩個單親家庭結合的例子還不少，父母再婚成了正常現象。

「應該是啊，因為好處多啊！」毛妹的答案讓我大吃一驚。

最不可思議的禮物

「兩個單親家庭一開始結合，需要一段時間磨合，畢竟來自不同的教育模式，彼此開始學習接納、容忍對方，即使不喜歡，也得設法改善，於是學會互相讓步或試著瞭解對方。這時，我們會發現，每一個你不喜歡的做法背後都有原因。例如，寶貝龍喜歡捉弄飽妹，讓她生氣。原來以前他是獨子，各方面都是以他為主，現在飽妹才是老么，爸媽當然比較關心她，有時，爸爸對飽妹多一點的呵護，他會吃味。或許是失寵的緣故，想引起大人注意，才會這樣。其實，我能理解他為什麼這麼想，因為，我和寶貝龍一樣，都渴望被關心。」

我聽完毛妹的談話內容，忍不住要為她按個讚。我非常欣喜給了她這麼棒的一個家。

後來，毛妹接受訪問，談重組家庭的好處。

她說：「我們在學校，不喜歡的同學，可以選擇不跟他說話，但家人不一樣，因為幾乎每天住在一起，就算不喜歡，也不能持續太久，更不可能討厭對方一輩子，所以會逼迫自己改變想法。當你改變時，對方也會改變，因為覺得自己被接納了。

「我覺得兩個單親家庭結合就像個小型社會，家庭是進入社會之前最重要的地方，由於重組家庭讓我們更早知道怎麼跟不同的人相處。我們在家裡先學會怎麼包容別人，透過不同的人擴展視野，進而學會跟同學互動，將來進入社會，比較能跟其他不認識的同事相處，更何況，我們還跟奶奶、阿嬤住在一起呢！」

來自四個家庭的成員，從結合的那一刻起，即努力融入這個家，將「我」變成「我們」，使沒有血緣關係的孩子擁有手足情深，讓老有所養，幼有所依、人力可互相支援……大家擁有的是一個更完整的家，這就是重組家庭最不可思議的禮物。

婚前，我幸運殘缺，怕受詛咒；婚後，我努力經營，讓四個家庭有了共同的家。現在我可以在眾人面前，坦然的說：「愛真的可以勝過一切！」

【後記】愛，是饅頭夾蛋

有人問我，為什麼「愛，是饅頭夾蛋」？

我小時候住過眷村，饅頭是非常普遍的食物。爸爸每天為我準備的早餐就是白饅頭。他覺得饅頭不油不膩，平價、營養，吃起來沒負擔，又有飽足感，咀嚼完餘味猶存，唇齒留香。

但年幼的我，覺得白饅頭沒味道，要求爸爸：「可不可吃微甜的紅饅頭（黑糖饅頭）？」

爸爸說：「不要吃那個，吃了會蛀牙。白饅頭才好吃，越嚼越香。」

「可是我不想每天都吃白饅頭。」

「好，我幫你夾個荷包蛋。」

那黃澄澄的鮮嫩蛋汁滲入麵粉香，滑潤鬆軟，每一口都是美味，成了溫馨的回憶，也填補我與父親的情感缺口，那「饅頭夾蛋」也包藏著他滿滿的愛，陪我度過一生。

即使他已經離開了，但每當我吃「饅頭夾蛋」，都會想起小時候。他是用這種飽滿的食物，為我揭開一天的序幕。

為什麼是「夾蛋」，而不是其他？

蛋是「起初」，原始、美麗的靈魂。

饅頭是庶民小吃。如果加入五穀雜糧，就是五穀雜糧饅頭；加入芋頭，就是芋頭饅頭；加入起司，就是起司饅頭；加入紅糖，就是紅糖饅頭；加入紅豆，就是紅豆饅頭……你加什麼，它都可以變成新的口味。我吃著吃著，竟吃出一個啟示——我的人生就像「饅頭夾蛋」。

爸爸經商失敗後，我從公主變成灰姑娘，由於避債，我過著寄人籬下的生活。我本來當英文老師，卻因學生家長開旅行社，從此打開我帶團旅遊的工作，當上了領隊導遊。馬爺過世了，成了單親媽媽。跟志偉結婚，成了後母。

當我被問到與繼子相處的問題，我回說：《聖經》有一句話，意思是，如果你愛我，就餵養我的羊，「因為這孩子是祂賞賜給我的，即使這隻羊很頑皮、愛耍酷，但身為基督徒，我得順服，所以我得愛寶貝龍」……不管老天爺給我的人生添加什麼際遇，我慢慢咀嚼，最後都變成一種新生命。重組大家庭之後的「饅頭夾蛋」，感覺既衝突，又融

合絕妙滋味，交織成豐富、多層次的口感了。

饅頭每次生出新的口味，就像新的生命，「饅頭夾蛋」像是最起初的一份愛。任何階段，再困難、再複雜的問題，只要回到起始點——愛，那甜蜜的感動會讓任何事情迎刃而解。那顆荷包蛋發揮出來的效果，既強烈又讓人難以忘懷。

「饅頭夾蛋」稱不上人間美味，卻撫養我長大。現在很少人吃「饅頭夾蛋」，取而代之的是煎蛋或蔥花蛋，儘管如此，仍維持「饅頭」和「蛋」兩個主要元素，成為早餐店的風景。

我回憶過往，竟吃出了這番道理。

我相信每個人都有一份私房的「饅頭夾蛋」，因為人生都有自己的味道。

國家圖書館預行編目資料

愛，就是饅頭夾蛋／Juby著. --初版. --臺北市：寶瓶文化, 2016. 01
面；　公分. --（Vision；131）
ISBN 978-986-406-038-2（平裝）

855　　　　104027699

Vision 131

愛，就是饅頭夾蛋

作者／Juby
撰文／陳芸英

發行人／張寶琴
社長兼總編輯／朱亞君
主編／張純玲・簡伊玲
編輯／丁慧瑋・賴逸娟
美術主編／林慧雯
校對／張純玲・劉素芬・陳佩伶
業務經理／李婉婷
企劃專員／林歆婕
財務主任／歐素琪　業務專員／林裕翔
出版者／寶瓶文化事業股份有限公司
地址／台北市110信義區基隆路一段180號8樓
電話／(02) 27494988　傳真／(02) 27495072
郵政劃撥／19446403　寶瓶文化事業股份有限公司
印刷廠／世和印製企業有限公司
總經銷／大和書報圖書股份有限公司　電話／(02) 89902588
地址／新北市五股工業區五工五路2號　傳真／(02) 22997900
E-mail／aquarius@udngroup.com

法律顧問／理律法律事務所陳長文律師、蔣大中律師
如有破損或裝訂錯誤，請寄回本公司更換
著作完成日期／二〇一五年十一月
初版一刷日期／二〇一六年一月七日
初版三刷日期／二〇一六年二月二日
ISBN／978-986-406-038-2
定價／三二〇元

AQUARIUS 寶瓶 文化事業

愛書人卡

感謝您熱心的為我們填寫，
對您的意見，我們會認真的加以參考，
希望寶瓶文化推出的每一本書，都能得到您的肯定與永遠的支持。

系列：Vision 131　　**書名：愛，就是饅頭夾蛋**

1. 姓名：________　性別：□男　□女
2. 生日：____年____月____日
3. 教育程度：□大學以上　□大學　□專科　□高中、高職　□高中職以下
4. 職業：________
5. 聯絡地址：________
   聯絡電話：________　手機：________
6. E-mail信箱：________
   □同意　□不同意　免費獲得寶瓶文化叢書訊息
7. 購買日期：____年____月____日
8. 您得知本書的管道：□報紙／雜誌　□電視／電台　□親友介紹　□逛書店　□網路　□傳單／海報　□廣告　□其他
9. 您在哪裡買到本書：□書店，店名________　□劃撥　□現場活動　□贈書　□網路購書，網站名稱：________　□其他________
10. 對本書的建議：（請填代號　1.滿意　2.尚可　3.再改進，請提供意見）
    內容：________
    封面：________
    編排：________
    其他：________
    綜合意見：________
11. 希望我們未來出版哪一類的書籍：________

讓文字與書寫的聲音大鳴大放

寶瓶文化事業股份有限公司

（請沿此虛線剪下）

廣告回函
北區郵政管理局登記
證北台字15345號
免貼郵票

寶瓶文化事業股份有限公司收
110台北市信義區基隆路一段180號8樓
8F,180 KEELUNG RD.,SEC.1,
TAIPEI.(110)TAIWAN R.O.C.

（請沿虛線對折後寄回，或傳真至02-27495072。謝謝）